Les méduses
n'ont pas d'oreilles

水母
没有耳朵

[法] 阿黛勒·罗森菲尔德
Adèle Rosenfeld

著

何润哲 译

深圳出版社　海天译丛

图书在版编目（CIP）数据

水母没有耳朵 / (法) 阿黛勒·罗森菲尔德著；何
润哲译. -- 深圳：深圳出版社，2024.4
（海天译丛）
ISBN 978-7-5507-3123-3

Ⅰ.①水… Ⅱ.①阿… ②何… Ⅲ.①中篇小说—法
国—现代 Ⅳ.①I565.45

中国国家版本馆CIP数据核字(2024)第068884号

版权登记号　图字：19-2023-186 号
Originally published in France as:
LES MÉDUSES N'ONT PAS D'OREILLES by Adèle Rosenfeld
© Editions Grasset & Fasquelle, 2022.
Current Chinese translation rights arranged through Divas
International, Paris 巴黎迪法国际.
Cet ouvrage a bénéficié du soutien des Programmes d'aide
à la publication de l'Institut français.
本书获得法国对外文教局版税资助计划的支持

水母没有耳朵
SHUIMU MEIYOU ERDUO

出 品 人　聂雄前
责任编辑　沈逸舟
责任校对　万妮霞
责任技编　梁立新
封面设计　BEIBEI

出版发行　深圳出版社
地　　址　深圳市彩田南路海天综合大厦（518033）
网　　址　www.htph.com.cn
订购电话　0755-83460239（邮购、团购）
设计制作　深圳市龙瀚文化传播有限公司 0755-33133493
印　　刷　深圳市华信图文印务有限公司
开　　本　889mm×1194mm　1/32
印　　张　7
字　　数　127千
版　　次　2024年4月第1版
印　　次　2024年4月第1次
定　　价　38.00元

"语言中可供进入的，或许唯有不可言说的。以及不可破译的。入口既不在内，亦非在外。无处可寻，却就在那里。无法觉察，是我们唯一含笑的默契。"

—— 蒂埃里·梅斯[①]《俯身的人》

"每个词都是孔洞，是深渊，是陷阱。"

—— 盖拉西姆·卢卡[②]

[①] 蒂埃里·梅斯（Thierry Metz, 1956—1997），法国诗人，曾在建筑工地做过泥瓦匠，后在文学创作上受到瞩目。1997年因抑郁症自杀。

[②] 盖拉西姆·卢卡（Ghérasim Luca, 1913—1994），罗马尼亚超现实主义诗人，1952年离开罗马尼亚后成为无国籍人士。

1

那是在卡斯坦涅大楼——我以前一直听成卡斯塔涅大楼。老西部片式样的双开门旁，一块小牌子上面写着"耳鼻喉科及头颈外科医学部：听觉植入科"。只有"耳鼻喉科"四个字是我熟悉的。小时候，我一度以为那是犀牛研究学科①的一个分支。

无声的冲击在耳内击出脉搏的节拍。我在走廊尽头找了个座位。旁边，一张桌子上摊满了耳聋主题的杂志，其中一份刊载了一些关于工作中受孤立的经验分享。我每读一行就抬起眼睛看看，担心错过了叫号。于是我发现一个坐轮椅的老太婆停在我面前，刚好挡住了一本《聋人三千万》，只露出杂志封面上方框里的一段文字：

---

① 法语词"耳鼻喉科"（oto-rhino-laryngologie）中，指代"鼻"的词根"rhino"亦可单独成词，意为"犀牛"（简称，一般为日常用语，全称为rhinocéros，后者从词源学角度看意为"鼻上长角的动物"）。文中的"我"小时候不认识复杂的专业词语"耳鼻喉科"，也不知其中词根"rhino"的真正含义，只知日常用语中的"rhino"指代的是犀牛，故以为耳鼻喉科是犀牛研究学科的一个分支。

"语言也可以给人安全感，甚至发挥治安功能：我们相信，词语的刺耳程度会随着复杂化而消减。'聋人''盲人''老人'还有'精神病'，我们不好意思用这些直白的词汇谈论你们的事，于是代之以'听障群体''视障群体''老年群体''特殊住院群体'。这样下去，总有一天，我们会把死人称为'无生命群体'。"这时我意识到那个老太婆——那位年长的女士，我是说那位上了年纪的太太——我不知道该怎么叫了——正在冲我大声说着什么。我试图打断她："不好意思，女士，我的听力没有比您好多少……"可她没明白我的意思，继续嘶哑地说着，滔滔不绝。

一个男人走了过来，结束了这场不对称的对话："到我们了。"我跟他走进那个四周包着软垫的小房间，他在我身后关上门。门把手是铁质镀铬的，尺寸巨大，我见了不禁想起屠夫的冻肉库。在这里，遭到屠宰的是声音。声音被一丝不苟地切成薄片。他帮我戴上耳机，动作小心翼翼，仿佛是在给一只母鸡的头贴上电极[①]。他接着又把一个遥控手柄交到我手上。首先传来的是一阵阵乐音，我只能听见其中一部分。声波冲击着我的耳膜。

接下来就轮到单词了。我需要像一只受伤的鹦鹉一

[①] 在许多西方国家，屠宰场在宰鸡之前会给鸡贴上电极，以将其催眠，期望减轻其痛苦。

样跟着念出自己所听到的一组单词。其选词一般是没有逻辑的，想象力会从词和词之间的缝隙里奔涌出来，扰乱心神。

头发，

柠檬，

岩石，

士兵，

铃兰，

纽扣，

玻璃工，

紧身裙，

骨盆。

　　一个词又一个词，那个低沉的声音越来越微弱，最后消失在迷雾中。我只好集中精神在薄暮中追着单词奔跑，同时对抗脑海中渲染开来的景象；寻找一个远离语言弹坑的避难所。我一直有在沉默和失语中胡思乱想的习惯，喜欢让想象力牵引自己四处飘荡。但这一回，现实已被愈来愈纤薄的声音破坏得千疮百孔，以至于那些画面以一种全新的力量附身于我。那是一幅战后的场景，有些年代了。故事里，一个九死一生的丈夫重返他的村庄，在那里重新探索一个已被遗忘的世界。我看见他的脸，轮廓在光线下异常清晰。他在那儿，用没有起伏的声音念事物的名字，试图寻回曾经属于他的存在。"头发。"他说，目光在无声啜泣的妻子的鬓发中涣散。随后他的眼光又在果篮上游移 —— "柠檬。"他说，抬起脸面对窗台，窗外是布列塔尼陡峭的海岸。他用嘴唇指了指那儿："岩石。"然后他想起了自己的来处 —— "士兵"，想起了身为一个军人经历的四季轮换。他说"铃兰"，注目于他和她之间摇曳的这一小片春光 —— 他为之心痛不已。他垂下头，好不让人看见自己的眼珠已蒙上一层水雾，低声说出"纽扣"二字，于是被一身军装带回到其他士兵之间。"玻璃工。"他的双唇喃喃道。在他眼下，他已经死了，但嘴唇还在低语妻子已经听不到的话："紧身裙。"——玻璃工总会贴身携带一小块他所爱的女人的裙裾。士兵一直脸带笑意，直到他说出"骨盆"这个词，声音大到他的妻子惊跳起来，惶恐地看着他 —— 他回忆起另一个士兵被炮弹炸掉的下半身。

"现在换到左边。"听力计里的声音说道，要我换另一边的耳朵。士兵的故事在我那只听不见的耳朵里回响。死去的鼓膜上，刚刚还在敲打的声音成了记忆的背景乐。那些词语留下的记忆痕迹已化为一种在场。

我重新坐回小房间外的座位，来看听力图上显示的听力受损情况。细细的格子纸上标注了横纵坐标，以将声音量化。我仔细研究那条凹陷的曲线，它看上去很像诺曼底登陆场的鸟瞰图：无声的海潮已淹没了大半张纸。

2

耳鼻喉科的专家诊室里，红蓝色调的内耳解剖图装点着房间。外耳被画成庸俗的粉红色，内耳则由外向内分别是沙黄色、胭脂红和米粉色，一直通向一个蓝色迷宫——耳蜗。它看上去活像一只容易煮过头的勃艮第蜗牛。

大夫已在桌前坐下了，一只手拿着我那一沓听力图，用一种很没有必要的方式一字一句地对我讲话。这不是什么好兆头——一位听觉植入专家看过你最新的听力检查结果之后就开始把你当弱智一样讲话。我开始感觉不太好。

"损伤有足足 15 分贝，这可不算少哇。"

我向她解释病情是怎么发展成这样的，我是怎么一点点听不到的。

并没有什么值得注意的先兆——如果有信号的话，为什么它们要抢跑呢？①

---

① 法语里"先兆"（signe avant-coureur）一词的字面意思是"抢跑的信号"。

更像是一种悄无声息的腐蚀。

硬要说的话，的确有两次，画面定格了，我意识到声音被切断了。

第一次是在伦敦，八月初。在咖啡馆，有个服务生对我说话。他杵在那儿，双唇悬停，嘴里没有发出任何声音。我操着蹩脚的英语，结结巴巴地告诉他我没有听懂，什么都听不懂，脸上一副惊慌失措的样子。他回应了我——反正我是这样理解的——嘴里滑出的词语应该是在说：我的英语非常糟糕。我丢失了这一帧的背景音。在伦敦市区，教堂路与石门路相交的拐角，潮水退去了。

第二次是在布列塔尼，我去拜访一个普卢格雷斯康[①]的朋友。当时我们正在吃晚饭，背景音又一次被切断了。我可以看到他的白发、他咧出笑意的嘴角，我可以感觉到趣事顺着他的嘴边流入空气。然而沉默有如一张铅色的罩网，阻止了进一步的相遇。我勉强听出"巴西"两个字，他一定是在聊自己那次会议。无言以对，我只好大笑遮掩过去。

面对大夫，我只简单地说："是从八月开始的，之后越来越严重。"

她回答说，可以尝试先住院治疗看看，不过不保证

---

① 普卢格雷斯康（Plougrescant），法国布列塔尼大区阿摩尔滨海省的一个市镇。

能起效。除此之外还有另一种解决方案：植入人工耳蜗。她觉得可以植入右边，也就是还能正常运转的那边。至于左耳，就算种进去也只能听见一片混沌的嗡嗡声。她又进一步解释说，经过长期的康复治疗，花上六个月到一年的时间，我在全部频段的听力就都会得到有效的改善。但是另一方面，这个手术是不可逆的，也就是说，我会失去我目前残余的"天生"的听力。

耳道深处，仅存的纤毛截住了几个高音、几个低音，刚好够我重新拼凑出医生的意思。纤毛还感知到了声音的温度，那是由风、色彩以及声音内的每一个凹凸起伏所共同构成的锈层。

我看着她桌上那些蓝色和灰色的塑料纽扣，那是人工耳蜗的简化模型，不知道的人大概会以为是冰箱贴。

我不知道还能说什么。她向我伸出手，我抓住它，仿佛抓住一簇树枝。

3

我移去 237 号房间,在秘书那里领了单子,然后去巴宾斯基大楼。巴宾斯基是 20 世纪初的一位神经学家。入口处,一份小小的导览手册如同上了釉般锃亮,上面印着他的画像,写着"约瑟夫·巴宾斯基(1857—1932)"。

我之前读到过,他最知名的成就是发明了一种神经学检查:摸摸脚底心,就能知道一个人有没有痴呆,大人小孩都适用。他还创造过一个相对不那么出名的概念——"暗示病"(即可用说服疗法治愈的精神障碍,其法文名 pithiatisme 源自希腊语中的"说服"一词)。这一精神障碍对不少上过第一次世界大战战场的士兵造成了严重的影响。当时,人们对于战争引发的创伤的认识还非常有限。巴宾斯基延续了神经学科的领路人让﹣马丁·沙尔科教授的研究,定义了一种新型的歇斯底里症:由于缺乏明显的因果关系,这类困扰很多士兵的精神疾病一度被归置为弃儿型^①。

弃儿。

的确，这就是我一直以来所体会到的感觉，一种不属于任何世界的弃儿感。我聋了，但并没有全聋，要想融入聋人文化的话还不够格，可也不能充分地参与到健听者的世界之中。一切都取决于我怎样说服自己，要成为什么，不要成为什么。在他人的眼里，那些让我的自尊和自信残破不堪的附带损害，不过是没有来由的不安，很难理解。我胸中的这份缺憾就来自于此吗？又是否只能以过分来补全不及呢？

"和你在一起，事情总是非黑即白的。"别人总是对我这样说，而我听到的总是"黑洞"^②。

"你听到的不过是你想要听到的话。"

我要怎么说服他们，事实截然相反？

然而，所有这一切又如此真实，医院放大了那原初的巨口，将它置于特写的位置。

我妈在我身旁惊叹道："你看，这是第一张黑洞的照片！"她指着报纸的头版对我说。

---

① 法语中常用"弃儿型"（orphelin）来修饰疾病，用以指称尚无有效治疗手段的罕见病。

② 法语中用"tout noir ou tout blanc"来表达"非黑即白"，其中的"tout noir"与法语中指代"黑洞"的"trou noir"发音相近，"我"因患有听力障碍而将前者听成了后者。

4

房间在第二层，东西可以放在里面。我的日程非常满，还有一大堆规矩要遵守。一个女护士过来问了我不少相当荒谬的问题，例如我的梳洗习惯如何，也就是习惯淋浴还是盆浴。按摩浴缸？好呀。

女护士离开了，留下晕头转向的我，然后我妈也走了。我还是很难相信，是我的耳朵让我走到了这个地步。我尝试了一切办法让它们保守秘密，到头来却让它们夺了权，把我关在四面白墙之间，只得好好反思前史。

我不是没有尝试过解决这个问题：先是用很多年假装它不存在，再用很多年来反抗这种视而不见，想把它的存在拧向这个方向或是那个方向。可是听力的损伤让一切大白于天下了。

门开了，一个名叫艾迪的男护士走了进来。他来刺穿我的鼓膜，以向听觉器官直接注射药物。麻醉剂没有任何用处，只不过是走个流程，让人觉得自己正得到照料罢了。然而当我看到那根针头的时候，我还是感到难以置信。他打算就这样直接把针扎进我耳朵里吗？我感觉自己的鼓膜像一只被挤了柠檬汁的牡蛎一样蜷缩起来。

这一整套流程还包括一次和心理医生的访谈。心理医生是一位神色忧郁的高个子女士。她姿态优雅地请我坐在她对面的扶手椅上，然后强调说，这次会面主要是为了评估我作为听障人士的心路历程，算是一次非正式的交流。于是我给她讲了一遍我的简历——无可挑剔的成绩单，手握一个学士学位，而且全凭我自己。

她对我的话照单全收，表情严肃，同时记下要点，全程小心翼翼。我略有激动的神色，她就重复那几句安抚的话：我为了适应环境已经非常努力了，我一定已经精疲力尽了；最近的这次听力损伤可能会唤醒旧日的创伤；等等。

她又补充说，我这种情况其实很常见，所有的听障人士都会经历抑郁阶段，因为他们有太多的努力被白白耗费，不被健听社会所觉察，进而日积月累，郁结于心。这其中耗费的心血很难衡量，周围的人也很难意识到这一点。这就是这种隐形残疾的本质。长此以往，听障人士就容易有与世隔绝的倾向。

她看出我有很多问题，想要表现得鼓舞人心一点：

"不是没有解决方案。"她说，"植入手术就是其中一种。"

"但是做了植入，我的听觉就和过去不一样了。"

"您的大脑会忘记所谓'过去'的含义的。"

过了一会儿，她又补充说："的确，这其中有哀悼的意思。有些东西就此失去，也不知道接下来能找到什么。"

5

我的住院生活仰赖于那份病历的运转。人们往里面塞进一张又一张单子，却从来不认真瞧一眼上面写了什么。这样看来，病历不过是可以让我名正言顺地出现在这里的一张通行证。这些日子，检查接着检查，惊讶接着惊讶。感到出乎意料的不仅是我自己，还有其他人。"您在这儿做什么？""您在这儿多久啦？""说是打算怎么治？"一张张脸，一大堆问题，就因为没有人认真读病历。

有一次，我一时忘记把病历本放在哪里了，但还是被催促着按时赴约。"我该去见哪几位大夫？""我的同事会告诉您的。"然而，他们个个都是另一个的同事，却没有一个人能真正解决问题。

对医疗机构的信心就这样日渐损耗，这让我很不舒服。主任医师的查房让我讨厌，因为他们身边总是围着乌泱泱一圈实习医生，像是一帮在某个下雨天被拖到迪耶普去郊游的神经质的青少年。

人群使我透不过气来：病房的边界内，我是病人，是未来要做植入手术的人。唯一可以让人逃离目光包围的地方是一间小礼拜堂。那是一座 17 世纪的希腊十字式①建筑，藏在医院围墙的后面。我向来对宗教场所避而远之，如今却唯有这里能给我补充能量。这间礼拜堂的主保圣人是奥斯定会的圣丽塔——主管无望之事的修女，信徒们可以祈求她的庇护。我也给她写了句话，虽然我心知肚明她同样没法看到我的病历。

我每天都拖着点滴经过颠簸的石板路到这里来，之后又缓步回去。一路无言，把挂输液袋的金属杆当作牧羊人的手杖，徐徐走向巴宾斯基大楼。等回到病房里，面对着夜色中的万家灯火，开始吃不放盐的病号餐。

我梦到过我的那位士兵，他为熟睡中的我掖好被子，口中哼着一支没有辅音的歌。圣丽塔在旁边翻动着她那些长裙的褶边——为了御寒，她叠穿了好多条裙子，就像俄罗斯套娃一样。没有辅音的歌逐渐在飘雪中弱不可闻，低音声部刺啦作响，元音碰到飞扬的雪花，一并消融了。

我从来没听到过早上开门的声音，尽管护士叫得很大声。她们似乎因此很不高兴。即便是在耳鼻喉科的住

---

① 希腊十字式（modèle de la croix grecque），平面布局呈等臂十字状的建筑形式，常见于东正教堂。

院部，听障者仍须因为听不见而与健听者展开阶级斗争。

到了最后一天，我还剩下一个专家面诊，然后就可以被批准出院了。"到目前为止，治疗的效果还不理想。"她对我说，递给我一个装满预约单的文件袋。

我溜达着走向医院大门，在廊道、小巷和花园徘徊良久，试图思考我那即将归于寂静的未来。

6

回到正常生活之后，马路看上去就像摩比世界^①的模型。立方体的建筑物和细长的小路看上去都不太真实。沥青路面因为行道树的根系而隆起。已经十月了，栗子树还是皮包骨头。"一起喝一杯吧，就当庆祝你出院！"我那邻居兼朋友对我说。

回到家，柔软的衣物覆上痛楚的身体，让我感到无尽愉悦。我转了个圈。重新感受到空间的归属。声响纷纷凝结，又远去，仿佛在变幻形态。救护车鸣笛、冲水声哗啦，一并合为一条不时啸叫几声的、咝咝作响的长痕。

走进餐厅，那位邻居兼朋友已经在等我了。见面吻伴随着他圆润的声音，驱散了嘈杂。我紧攀住他话中被高音照亮的单词。不盯着他的嘴唇看的时候，感觉他的声线很暖，发音轮廓明晰，如同日食。内部的中音区我

---

① 摩比世界（Playmobil），一款源自德国的模型拼组玩具。

听不见，但高音形成一轮明亮的光晕，让我能够得以理解。我几乎跟上了他的每一句话，感到非常幸福。在回归世界的这一夜，我们放声欢笑。有一刻，他突然严肃起来。

他和我谈起一位日本的建筑师，谈起他设计的混凝土教堂。教堂祭坛后方的墙上凿有巨大的十字架窗，因外部光线而显出形状。我不禁觉得这相当贴切地描绘了我对他声音的感知：透过意义之光，高音截然地剖开中音区的灰暗沉重。

"安藤忠雄①！"他叫出声来。

看我一脸迷惑，他解释说：

"安藤忠雄，我刚刚和你讲的那个建筑师的名字。"

大大的蓝眼睛笑了起来，我的眼睛也笑了。酒精开始生效，我们说出的话变得颠三倒四，在我没有纤毛的耳朵听来更是严重扭曲。呼出的气息沾上酒精的味道，让我想起消毒剂。我肯定是洋蓟吃太多了，他不喜欢吃，全部推给了我。此时他也有点微醺，话说个不停，眼神发直。在医院待了整整八天之后，这顿有男人陪伴的酒让我眩晕。突然间，他在我眼中显得如此悲伤，黑眼圈

---

① 安藤忠雄（Tadao Ando, 1941— ），日本著名建筑师，代表作有"光之教堂""住吉的长屋"等。

浮出隐隐青色。他的眼神有种透纳①的感觉，蓝眼睛像帆船一样剧烈地迷失在焦虑中。某一个瞬间，我好像看到了我的士兵。

在邻居兼朋友身后，士兵的身影出现了。两个人的鬈发交叠在一起，士兵的黑发映着友人的金发，仿佛他的影子。

"你在看什么？"

我重新盯住他的嘴。那双唇制造出一大片旋涡般的话语，舌头在其中如钟摆般晃来晃去。

他在说什么？面对面坐着，我不再能够抓住谈话的内容。肢体动作也无助于我的理解 —— 尽管我感到欲望暗涌 —— 手势赋予这场对话戏剧般的强度。再三强调，却没有揭示任何信息。眼神就更加无济于事了，事实上我最讨厌的就是眼神交流，它们唯一能做的就是确认我听懂了没有。幸运的是，我自己的眼睛不是蓝色的 —— 人生就是这样，上帝为你关上一扇门，就会为你打开一扇窗。语言的寒暄功能，连带相应的社交游戏，一概都在我的黑眼睛里沉没。一片漆黑里，没有什么好探寻的。我的黑眼睛好比保护伞，让我感觉十分安全，其他人永

---

① 透纳（Joseph Mallord William Turner, 1775—1851），英国画家，擅长水彩画、油画，对光线的运用独到而精妙，以想象力丰富的风景画，尤其是海景画闻名。

远不会知道我听懂了没有。我躲在黑眼睛后面，修补缺口，展开调查。我像是被拖入了一场吊死鬼游戏①：

"TE_ _I_É?"② 服务员问我。

盘子已空，我猜他是想帮我收拾。服务员能用一个单词说些什么呢？我的士兵用他的大手比出一个叉的样子，想给我提示：fini?③ 一个更长的同义词？太迟了，邻居兼朋友已经替我回答，盘子也收走了。棕色的鬈发消失不见，我的士兵走了。走出餐馆，我的疑窦在冬日街景的宁静中消散，邻居兼朋友的声音重又显得温暖起来，将我裹住。我们并肩缓步前行，脚步在夜色与醉意中靠近。

走进公寓的院子里，在他家门口，我感到一种新生的默契，而当他的嘴唇碰触到我的，我变成了一颗柠檬，在他越勒越紧的怀抱中流出欲望。

金色的，抑或棕色的，床单上抖动的鬈发缠上我的手指，我的乳头。但当已经走过无数遍的身体地图被我

---

① 吊死鬼游戏（pendu），一种猜词游戏，抽掉一个单词中的部分或所有字母，以横线代替，玩家须猜出单词的每一个字母。游戏开始前先画好一个"绞刑架"。玩家若猜对，则在横线上填上字母；若猜错，则在"绞刑架"上画人的身体（依次画头、躯干、左手、右手、左脚、右脚）。玩家须在"绞刑架"上的人体成形前猜出完整的单词，否则即告失败。

② 此处完整的法文原文应为"TERMINÉ?"（吃完了？），"TE_ _I_É?"是其吊死鬼游戏的形式，表明"我"仅能听清其中若干音素。

③ 法文，也是"吃完了？"的意思。

们二人重新描绘的时候，我很快意识到我们的欲望还不足以称之为爱。他在我的注视下蜷缩着睡着了，我也陷入睡梦中。

7

第二天早上，床是冷的。我花了些时间来弄明白自己身在何处。想起来之后，我捡起四处散落在地上的东西。除了在拎起裤腿时一并拿起了士兵的蓝色军大衣之外，我还发现自己的毛衣下面压着他的裤子，而他的绑腿带一路伸展到了走廊，军帽和一双靴子也摊在那里。

医院还在对我紧追不放，这一切还没有结束。

回到家，我绝望地抓住最后一点残余的感觉，然而，内心深处已经什么都没有剩下，空余一片盛大的虞美人花田。

接下来的日子，我既没有遇见我的士兵，也没有遇见邻居兼朋友。我不知道是我在回避他们，还是他们在躲着我。

我意志消沉地窝在家里，以绘制我那将至的寂静未来。精心选择的四壁划出令人安心的环境。我还没有足够的勇气去面对外界那难以辨识的喧嚣。

街上的声响沦为一片嗡嗡的轰鸣——无形的混沌，

没有任何起伏。从前，我可以分辨出其中叠加的不同层次，如今一切都变得扁平了。

"你从童年起就走在一根钢丝绳上，你在两个世界之间摸索道路，你对两个世界都没有完全的归属感。而一旦你歪向某一边，比如说现在你一下子损失了 15 分贝的听力，这条绳子就找不到了，需要重新学习如何去听见。"我的言语治疗师面对我灰暗的脸色说道。他说话抑扬顿挫，我总能听懂。

外界已成为焦虑的源头，可我不得不为我自愿困居其中的公寓补充一些食物。超市里，人们的声音融为一体，仿佛遥远的回声。每一种声响都感染了热病：店主摆在货架上的罐头咔咔作响，像是牙齿在打架；扫条形码结账时的哔哔声与女士们声音里的重音混合在一起，仿佛一阵阵的幻听；鲜肉柜台的机器发出嘶哑的咳嗽。结账时，我听见一句"里好"（或者是"米好"）。紧接着是"您（嗞嗞声）吗？"。（×1）——我回答说"对"，但其实并没有听懂。（×2）——我回答说"不是"，但其实还是没有听懂。（×3）——我最后说"不知道"，始终没有听懂。气氛紧张起来，我付了钱，和收银员两个人气冲冲地离开了对方。

我之后了解到，这种"嗞嗞"的现象有一个名字，叫作"心理声学性失真"。大脑始终没有习惯中低频段的缺失，结果就像雷电天气下的电视机一样，运转不正常。

每天晚上，一种奇怪的声音会侵占我的房间。呼噜呼噜的背景音里，干巴巴的、不规则的撞击声对我纠缠不休，直到我沉沉睡去。有次我睡不着来回踱步的时候，士兵又出现了，在房间的角落里，手里玩着棒接球①。两次中能有一次，球会成功落在被他牢牢抓在手里的棒子上。从他的喉咙中发出一声"嗯嗯"的喉音。我想，和我一样，他在借助游戏重新吸纳语言，学习如何把 e 这个字母放到棒接球的 o 里。

偶尔，球落到地上产生的震动会在夜里或早上把我吵醒，而当我睁开双眼，士兵吐出的最后一个烟圈正消融于晨雾中。

"我晚上会听见奇怪的响声。"我对言语治疗师说。

"那是耳鸣。"

"但还有震动，强度要描述的话大约是里氏 3 级。"

"那大概是隔壁邻居的洗衣机在脱水。"

---

① 棒接球（bilboquet），一种玩具，通常由一根木棒和用长细绳系在木棒上的球组成，球上开有一个或多个直径与木棒相同的孔，可固定在木棒上。玩耍时将球往上抛，然后用木棒的顶端对准球上的孔把球接住。

8

我不需要忍受什么探视，只有我妈，她会过来瞅瞅我是否还活得过得去。她的中音和高音飘忽不定，总让我晕头转向。除此之外，我的眼睛也因为疲倦而模糊，词语在她的嘴唇上都变形了。

"（断断续续的嘴唇运动，惊讶的双眼）有熊（嘴巴津津有味，双眼装出愉悦的样子），森林，特别美味。"

我表示赞同（虽然并没有听懂），放任自己跟随这幅林中漫步的图景——大概是在比利牛斯山脉她哪一个朋友家附近吧。我想象她尽情享受生活的乐趣，尽管由于种群再引进工程，这片区域又开始有熊出没了。

我的双眼成功地聚焦在她的嘴唇上。

"你之前尝过吗？"她问我。

"尝什么，妈妈，尝试林中漫步吗？"

我祈祷光影不要有变化，天上的云不要移动，不要打破此刻沙发上我妈嘴唇的完美形状。

"不是，我是说熊蒜哪，你应该尝过的，我以前买过一次，在（天上飘过一朵云，我从一个个元音旁滑过，只剩下一串由 p 音、d 音、t 音或许还有 b 音组成的辅音连音，太阳又出来了）。而且，瓦鲁吉也是木斯里什锦麦片上映。[①]"

对木斯里什锦麦片上瘾[②]。好吧，这个话题还不足以有趣到保持我的注意力。

"你为什么不听我说话？"她又问我，表情恼火。

"木斯里什锦麦片，我听到就烦。"

轮到她瞪着我了，不知道我在说什么。

所以说，选择这个话题的既不是我也不是她。就是随机游戏。不过，是谁在给我们的对话洗牌呢？

[①] 此处妈妈说的应当是"而且，瓦莱丽依靠直觉就能在草地里找出它们（熊蒜），就是这么厉害！"（D'ailleurs, Valérie a l'art instinctif de les trouver dans les prairies, ah oui!），但"我"因为听力障碍而只能听到一些毫无意义的音素以及由其构成的毫无逻辑的句子："D'ailleurs, valougie cétu l'artddictif dans les müeslis."

[②] "我"听到的"artddictif"（译者在前文中比照谐音将其译作"上映"）一词在法语中并不存在，故将其理解成发音与之相近的"addictif"（上瘾）。

9

接下来几天，我都在把身体转向沉默。把身体像迎着光的画布那样撑开，好占据所有的音域。到了晚上，我会重拾这个幼年养成的仪式，用枕头在耳边摩挲。这是我自己的听力图，是夜里听不到也看不到、害怕自己彻底失聪时的标尺。"枕头尺"总是发出一成不变的声音——绉纸的声音，让人安心。可是今天，枕头不再像从前那样窸窣了。声音变远了，变低了。从前的它那样尖利，那样鲜活。如今它变灰暗了。

神经质的迹象开始出现。我把头发缠到手指上，而随着我的动作越来越不由自主，有一天，一段对话开始了：

"你当时真的相信除掉我就万事大吉了吗？"

我的头发一直怨恨我十年前剃过头。

"这个问题我们已经讨论过了，我当时真的觉得那样能解决问题。把你剃掉，我的残疾就一目了然了。"

"之前你照料我多用心哪，结果一夜之间就把我碎尸万段。"

"我当时想让其他人看见我的助听器，让他们看见我的困难。"

头发继续诉苦，情绪低落："等你得了癌症，就知道悔不当初了。"

我停止了爱抚。

即使剃成了光头，还是什么都没有改变。很不幸，是否理解我的残疾和是否看到我的助听器并不成正比关系。

我感觉自己被扔在这里，也没附说明书，而这个社会却要求我，像所有公民一样，找到自己的位置，取得成功。

有时，我瞥见那个不安的士兵经过，像一个影子，步伐一瘸一拐。有时我甚至能感觉到他迷茫的目光注视着我。一天两次，他会给我端来一碗汤，总是同一种汤——用水冲出来的高汤。在他疯狂的双眼中，我看得很清楚，他过得并不好。他向"黄金高汤块"①的盒子伸出颤巍巍的手，取出几块放入水中，然后剧烈地搅动着那混合物，眼神狂乱。

我仍被囚禁在沉默中，然而士兵向一盒盒"黄金高

---

① 黄金高汤块（KUB OR），由德裔瑞士人创办的烹调品牌美极（Maggi）旗下的即食汤产品。

汤块"发起猛烈追击，不停地搅动着已成棕色的汤水，双目圆睁，瞪着目标。汤锅里搅动的噪声撞向四壁，摔得粉碎，让人联想起一支溃败的军队，击破了我无声的撤退。

我把手放在他的肩膀上，想把他带回现实。不过，由于我们谁也不在现实里，他继续在锅里鼓噪。

前段时间我读到，对敌人入侵的恐惧曾在当时引发了一系列精神问题，导致士兵们临阵脱逃。有一个营长甚至因为有关高汤块的谣言而得了偏执妄想症。1914 年的时候，这个德国进口品牌的广告牌经常被放在十字路口的房屋拐角，于是就有了流言，说那是指引德军一路去巴黎的路标。

我试图让士兵平静下来，将呼吸置于他的颈上，用沉默轻抚他，驱散溃败，驱散军大衣和子弹盒的杂音，驱散敌人的疯狂。他放慢了手上的速度，随后完全停止了愤怒的搅打。

我闭着眼睛陷入沉思，不禁联想起体内两支对峙的军队 —— 聋军和听军 —— 之间再度爆发的战争。我已经习惯了沉默的晦涩，但听军也不容忽视。

是时候出去了。

10

我重新掌控了自己的存在。我摆脱掉"黄金高汤块"，开始找工作。当我以标有"残疾人士认证"的简历在求职市场海投的时候，士兵在阳光下抽烟。

我收到的第一份肯定答复是市政厅的合同岗。岗位说明含糊其词，可谓完美匹配我的个人资料和求职动机。

几封电邮，我约上了一个大概是部门领导的人。日子到了，我开始严重怯场，想到自己可能会听不懂，我又复习了一遍自我介绍要怎么说。我要怎么才能回答关于开会还有接打电话的问题呢？我已经不知道自己什么能做、什么不能做了。

市政厅离我家有三十分钟巴士车程。那是一座附属建筑，嵌在两栋奥斯曼式①的大楼之间，入口是玻璃门，外立面是石膏加偏光玻璃的幕墙，显得格格不入。通过

① 奥斯曼式（haussmannien），巴黎最典型的建筑风格，以主持第二帝国时期巴黎城市改造工作的法国城市规划师奥斯曼男爵（baron Haussmann，1809—1891）的名字命名。其最鲜明的特色是六层楼的石材立面结构。

安检闸门，我来到一个小厅，里面有交错布置的蓝色塑料椅和一棵假香蕉树，看起来仿佛一个乡间小火车站的候车室。一个高个子、肤色苍白、有点驼背的女人过来找到我，软绵绵地和我握了握手，请我跟她走。

跟着她的步子往前走时，我推测出她在和我说话，她那带着鼻音的说话声消散于两壁的回音之间。我没法向她解释情况，只好摆出一个愚蠢的微笑，让她在回头确认我没有跟丢的时候瞥见。我不知道她是在等待我回答她之前说的话，还是已经对我有了判断，或者什么都没注意到。不管怎样，等到我走进她的办公室的时候，局势的紧张已经显而易见了。

我在她对面的扶手椅上安置好自己，一沓沓文件成了我们二人之间的护城河。对我来说很不幸的是，电脑遮住了她的脑袋，而且排风扇还对着我的脸吹热风，加重了我的麻烦。

"所以说，您（我在座位上扭动，好读取她的嘴唇，可那苍白的脸避开了我的视野）夏季。"

或许她是在说暑期工？概率很大。

或许她已经在询问我的暑期安排了？不可能。

或许她是想问我有没有度过一个愉快的夏天？可这说不通。

也有可能是"简历"，而不是"夏季"。①这样的话，她可能是在面试的开头讲到我投了简历。

不论如何，我回答："是的。"

她的棕发从屏幕后冒出来，惊讶地打量着我，又缩回自己的城堡主楼。

接下来，在一阵清嗓子和咕哝声之中，我好像听到了"做作"两个字 ——我听到的音节没法将我导向别的词。是我显得太做作了吗？我说了什么会这么令人讨厌？她想说什么？

愤怒将我淹没。咕哝声又开始了，越来越响。

"您知道的（叽里咕噜）我们（嘟囔）。"电脑后面的声音说。

我却只能听见狂吠、呻吟和尖叫，四周只剩下狗被虐待的惨叫。

一阵铃声突兀地响起，是火灾警报器吗？我每一个器官都开始惊恐。部门负责人在材料堆里一通摸索，从一摞乱七八糟的文件里掏出一个电话听筒。

原来只是电话呀！

我向露出四分之三的脸嘟囔了一句"您请便"以表示我不会偷听她和别人的通话，面试随时都可以继续；

---

① 法语中"简历"（CV）和"夏季"（été）二词拥有相同的元音，都含有两个 [e]音素。

以上，再加上一个轻松的微笑，作为点缀。

我用眼角余光看着她的键盘，同时试图抑制住自己为失败的一天狠狠敲下撤销键的欲望。

就在这时，我感觉到小腿上一阵热气。那不是电脑排风扇。趁着对面的注意力不在我这里，我往座位下方看去，但突然一阵疼痛，让我叫出了声。一条狗——或许是德国牧羊犬，或许是捷克狼犬，或许是牛头梗——咬到了我的小腿。它用仅剩的一只眼睛看着我——另一只坏了——大口张开，准备好再次攻击。我吓得动弹不得，只能放低视线，尽可能动作轻柔地把双脚往椅子上提，直到膝盖紧紧靠在胸口上，这时部门负责人挂了电话。

她像是被惹毛了，瞪着我。我回到得体的姿势，心里祈祷不要再被那条正用尾巴拍打地面的狗咬到。显然，部门负责人完全没有注意到什么异常。

"（叽里咕噜）残疾人。"听上去像是一个问题。我能回答些什么呢？向她解释耳聋是什么感受、无助是什么体验？我可以声音不发颤地谈论这些吗？我担心的那一刻已经到来，她即将提出一连串尴尬的问题。不假思索，为了岔开话题，我说：

"'残疾'（handicap）最初是一个马术词语，起源于 18 世纪英国的赛马。当时，投注在一匹马身上的钱会被收集在一个帽子里，英文叫'cap'。到了法国，'handicap'这个词被用来指一种特殊的比赛，它会通过合理分摊不利因素来保证参赛者的机会均等。"

面对她的不解，我开始总结陈词："押注在我身上，您就可以填满残疾人士就业的配额，赢得比赛！对谁都有好处！"

她站起来，向我伸出柔软的手，示意这场不伦不类的面试宣告结束。我搭上汗津津的右手，她将我推向出口。

11

我离开了那座装配式建筑。那条不认识的狗跟在脚边，一步不离地尾随着我。它这会儿又会做出些什么呢？它又试图攻击我，咧开的嘴唇卷翘起来，但我停下脚步告诉它不可以这样，手指高高竖起，耐心地等着，等待所有敌意的迹象消失。看上去没有一个人注意到它。可是，这明明是一条让人印象深刻的狗，一身黑毛，体格强壮。我希望它可以像突然出现那样瞬间消失，可是它一直跟到了我家。

我在院子里给我妈打电话。

"喂？妈妈，已经结束了。我还是不知道是什么职位，但是我也没有问，我知道就算问了我也没法听懂回答，你知道，那个部门负责人说话的嗓门不是很大，我听不懂。不要！"我对狗大吼。

"你还好吗？"我妈问我，听起来很担忧。

"不好意思，有条狗，从市政厅一直跟着我。"

"给 RDA 打电话好了。"

给 RDA 打电话？我妈总是有些异想天开的想法。[1]

"你好！"是邻居那明亮的声线。我向他指了指我的电话，好让他明白我现在不方便回应。

"好的妈妈，我会给 RDA 打电话的。"

"不是！（我听到我妈强压的笑声，不过那也可能是地铁里信号中断所造成的杂音）是 RSA[2]。"

邻居用眼角看着我，吸了一口夹在拇指与食指之间的香烟。

"我听不到你了，妈妈，我们之后再打吧。"

沟通中断之神[3] 抢先一步，电话已经挂了。

我和邻居行了贴面礼，狗发狂似的围着我们转，我给了它一脚。

"我不理解发生了什么，这玩意从刚才开始就一直跟着我。"我用下巴指给他看，狗似乎想要和人一起玩。

邻居看了我一眼，神情有些惊讶，向我脸上喷出了一口烟雾："哪个玩意？你在说什么？"

我回头看去，动物已经不见了。我只好怏怏抬眼看

---

① 法语中RDA一般指民主德国。

② RSA是法语"Revenu de solidarité active"的缩写，意为"就业团结收入"，是法国政府向低收入群体提供的一项救济性补助金。

③ 沟通中断之神（dieu des communications interrompues），化用自"沟通之神"（dieu des communications）。后者是希腊神话中众神的使者赫耳墨斯的称号。

向邻居晒黑的脸。

"你今天过得还好吗？"同情的冲动促使他向我问道。

我给他讲述了在市政厅的面试，或者说这个面试在理想世界中应有的样子："总而言之，她之后会给我打电话确认的。她还要面试别的应聘者呢。"我其实对此一无所知，但觉得这么编会更好。

"如果你是第一个去面的，那可是优势呀。特别是在市政厅，他们可不会为了招聘花费多少精力。"

谎言还是有好处的，它让你可以继续保持希望。

12

不知道是出于何种奇迹，市政厅两周之后真的给我打了电话。我看到屏幕上显示的号码就猜到肯定是他们，但对电话的恐惧让我陷入瘫痪。我做不到接通电话，仿佛被那块小小屏幕上闪动的数字催眠了。我一点都不想知道自己有没有获得那个职位。我已经相当擅长以悬而不决的方式处理问题了，足够让自己愉快地沉醉其中。

然而我的超我并不赞同，于是我不得不请求我的朋友安娜来听认他们留在我的语音信箱里的消息。我只记住了个大概：我被录取了而且工作下周就开始。这让我真的开始绝望了。

"来吧，我们得好好庆祝一下！"安娜提出我可以陪她去一次她的那种奇怪的晚会，"你去了就知道了。"她丢下这句话，眨了眨眼作为许诺。安娜喜爱那些纵情享乐的夜晚。可以说那就是她活着的目的。即便最后没什么好结局，她也依然欢欣鼓舞。"这是因为我的灵魂多出了一块。"她如此辩称，眼中闪过一道忧郁。我从小学起就认识她，我俩一起玩过不少死蛆。还是个小孩的时候，她会把我的助听器误认作一段树枝，或许我们就是因此才成了朋友。我很喜欢这个想法：一棵树站在我的耳朵里，将根系深深扎进我的听觉器官，延伸到那块叫作"耳轮"的软骨组织后面，向着光的方向伸展。

我放任自己陷入游戏，跟着她登上了一辆 RER[1] 列车，一直坐到终点站。安娜沙娅的声音和火车的噪声混合成一支泛音唱法[2]歌曲。我很确定，她在向我滔滔不绝地讲述的是她脑中如狗牙草般疯长的诸多理论之一。安娜的这种理论让人舒服之处在于，她的坚持也就到此为止，如果我不想听，我就可以不听，丝毫不会对她造成什么损害。

一次去往安达卢西亚的旅行之后，我对安娜和她丰满的嘴唇已经非常熟悉，随时随地都可以读取她的唇语，即便是在 RER 闪烁不定的荧光灯下也没问题。

那次漫长的安达卢西亚之旅途中，我助听器的塑料套管在八月的酷暑下开裂了。安娜的双唇一度成了我的世界地图。我从它们的起伏与折叠中读出语言里的每一种语调，从唇峰的颤动中读出不同程度的讽刺。西班牙

---

[1] RER，法兰西岛大区快速铁路（réseau express régional d'Île-de-France）的缩写，是贯通巴黎城区和郊区的快速轨道交通线。

[2] 泛音唱法（chant diphonique），一种声乐技法，歌手借由共振，同时唱出两个不同的音调。

多山的地形不过是安娜双唇的巨型放大版本。从那时起，我就无须通过听见她来听懂她了。

"你的耳朵没什么用，可以关机，你不用管就好了。"她对我说，"说到底，这个社会究竟值得被听见吗？"紧接着她又和我解释说，至少这可以是个假装生活在瓦尔登湖的好借口，借这个机会在森林里的一间小屋中与世隔绝，直到生命尽头。

对于安娜等同于理性之声这一点，我一直心存疑虑。

这天晚上，在 RER 车厢里，安娜的理论灵感来自她的那些读物之一，她从中记下了一句话："由于努力触及不可抵达之事，可以实现之事也沦为不可能。"

13

"还有一站就到了。"安娜对我说。我还没来得及扭头细看一眼 RER 路网图，好知道城市的名字，我们就已经站在细雨蒙蒙、结了薄冰的站台上了。黑夜里只有路灯提供视野。一辆轿车在停车场等着我们——一辆烟雾腾腾的菲亚特熊猫。我们一路小跑过去。被雨水濡湿的脸贴过满脸胡须的驾驶员，又贴了贴一根胡子也没有的乘客。终于在小车里坐好，车里散发出狗臭味。我全程没有说话，臭味总让我不自觉地联想到那头在市政厅面试时奇怪出现的独眼生物。至于安娜，她和两位男士互相致意、问候，哦哦啊啊了一会儿。

举办宴会的房子是主人的骄傲。他们用低廉的价格买到这间平平无奇的简陋小屋后，把附属建筑打造成了一个"生活空间"。可以看到墙壁隔热隔音层的泡沫塑料像苔藓一样从石膏板里冒出来，亚麻油毡在客人们泥泞的脚步下翻卷起来，皱巴巴的。

主人摇响一只小铃铛，于是朋友们三三两两，自然而然地走进了餐厅。

我们一共是十来个人，聚在胡桃木圆桌的四周。在我旁边的安娜挨个做了介绍。开车把我们带过来的大胡子和没胡子男人分别叫塞巴斯蒂安和托马，他们在我的正对面。缩在他们后面的是一对情侣。从那个名叫艾米莉的女孩脸上快快的表情来看，她应该是被男朋友硬拽过来的。一有机会，她就朝他投去咄咄逼人的眼神。

我想，安娜会把艾米莉列为那种有可能庸人自扰的人。安娜总在观察裂痕之处，梦想着成为一个治疗师，负责疗愈一群误入歧路者。东道主夫妇带领着我们，男的像一根巨型驼背四季豆，女的像一个意大利土豆团子，从头到脚都圆滚滚的。对话徐徐展开，但我听不到男人们说话，他们的声音对我而言太低沉了。蜡烛插在餐桌上的葡萄酒瓶里，虚弱地照亮一张张脸庞，稍有扰动，火光就摇曳不定。一阵阵爆发的笑声、艾米莉的叹息，还有夸张的手势，一次又一次将我们沉入黑暗。毫无意外地，我承担了火炬手的角色，以确保光线均等地分配给每一个人。我假装自己是特蕾莎修女，但实际上，我努力完成这项任务是出于相当自私的理由。跟不上对话快要让我绝望了，只有艾米莉和土豆团子的声音能穿透厚重的声场。

东道主又叮叮摇响了铃铛，努力保持姿势的优雅。

"前菜来了，朋友们！"他以凯旋般的调子宣布，在圆桌的中央放下一个瓷盘。

第一眼看上去，盘子上面空空如也。我四周的嘴巴上下翕动，发出评论和哂笑。安娜兴高采烈地宣布，派对可以开始了。"等一下！"安娜拿出了她自己发明的塔罗牌，让我们各抽一张。"卡牌小说家"的确是个适合她的外号。

我抽到的牌是"士兵"①。

这时我不禁想问问自己，在这场听不见的兄弟会里，我究竟在干什么。土豆团子凑过来，想给我讲一只一度住在她耳道里的蜘蛛的故事——我一向有着吸引千奇百怪的耳朵异闻的天赋。她眉飞色舞地向我描述自己是如何听到了各种让人心醉神迷的声响，特别是蜘蛛织网的声音，简直难以忘怀。于是我在自己听说过的军方对蜘蛛丝的研究上进行了一番添油加醋。就这样，我们用友谊和口水织出了一个共享的小小茧房，上面嵌着唾沫星子。

---

① 通行的塔罗牌组中并没有士兵这张牌，不过存在与之相近的"骑士"和"武士"。

14

一阵轻松向我袭来：背景声所构成的厚重织体升起来了。

语句互相传染。土豆团子的话被别的声音的句子盖过。但我不知道是谁在说话，声音依然是二维的。一个个句子形成了一具具声音版的"精致的尸体"[1]。我走向那个低沉的嗓音，发现自己站到了塞巴斯蒂安面前。我惊异于他的音色：仿佛站在一个钟罩里，每一个辅音都是一次敲击；我的胸腔随着他的颤音一起振动，仿佛我就是负责在他的口中颤动舌头的机械结构本身。一切都如此清晰，我进入了塞巴斯蒂安的对话。他们在聊星星之歌[2]，托马也加入进来。我一句话也没漏掉，就连艾米莉和土豆团子关于嫉妒的讨论也听得清清楚楚。

---

[1] "精致的尸体"（cadavre exquis），始于超现实主义的一种接力造句游戏，参加者写好一个词，折起来交给下一人，后者再写一个词，再交给下一人……第一个用此法造出的句子是"Le cadavre exquis boira du vin nouveau"（精致的尸体将会饮取新酒），游戏以此得名。

[2] 星星之歌（chant des étoiles），星震学的别称。星震学是天文学的分支，是一门通过分析恒星震动频谱研究恒星内部结构的学问。

治疗起效了，我找回了我的耳朵，我的听力甚至比以前更好了！

我想和安娜一起庆祝听力失而复得，但她人不见了。我听到自己的运动鞋踩在地上啪嗒啪嗒，椅子吱吱呀呀。一阵笑声像暴风雨一样隆隆穿越人群。这些钻石般的声音将我的耳朵磁化，我想在笑声里打滚，就像在新鲜的青草上打滚一样，我希望安娜在我身边。

"安娜去哪里啦？"我向一张张大笑的嘴巴问道。没有人回答我。

"安娜去哪里啦？"我提高音量又问了一遍。然而向我汇来的只有几道目光。我离开嘴巴组成的花冠，闯入一个又一个房间想找到安娜。笑声渐渐远去了。所以，能听见就是这样的感觉吗？能感知到当你远离，声音也会同步变弱，逐渐舒缓？

只听到过黑与白的我，在空间中聆听声音的疆域。这时，在昏暗走廊的尽头，我在门缝间看见了安娜与光线交织在一起的发丝。她会在和谁热舞？所有人都聚在主厅里呢。但安娜从来不需要任何人。

我把门推开几寸，看见安娜伸出双臂，头向后仰，正在旋转，事实上，她并不是独自一人。她转得那样快，快到我只能分辨出她浅色的头发，还有她那棕发舞伴的蓝色军服。我僵住了：安娜在和我的士兵共舞。他让她

转得像个苏菲派托钵僧，身体笔直，衣衫不整，军大衣
在闪光的胸膛上敞开，汗珠和外套上的扣子一般闪亮。
他们身上的一切都在熠熠生辉——安娜的鬓发与牙齿，
士兵的胸膛和他镀金的扣子——就好像在这神圣的舞蹈
上蒙了一层露珠。

　　我看着他们在旋转舞中沉醉，一点点放慢速度。当
他们终于清醒过来，胸腔鼓动如同酷暑中喘息的狗，我
走了过去，脸上开裂出一个幸福的微笑。安娜的笑声逐
渐止息，我听到空气从她的胸腔进进出出，我第一次在
她的呼吸中听到哮喘旧疾的咝咝杂音。我也听到士兵的
口水声，那是他的舌头掠过嘴唇时发出的声响。一切都
如此响亮，如此难以置信，我听着，仿佛从未拥有过
听觉。

15

　　士兵用起茧的双手卷好一支烟，递给安娜，仿佛他们已经是老相识。安娜把我们拉到房间一角——一个挂着天鹅绒帘幕的小凹室。在一盏灯罩已经摇摇欲坠的旧式灯下，我们在垫子上坐好。我们在无言中抽着烟，在默契中观察彼此。我细细品味自己失而复得的听力，他们呼出的烟雾发出温暖的声响——一种渐弱的嘘嘘声，最后结束在高音上。我听见自己的呼吸因愉悦而伸展，而他们以肉感的叹息回应。士兵的绿眼睛里光芒闪烁，眨动的眼皮带着色情的意味，眼白充血，嘴唇半张。安娜和我被悬置于这对唇瓣上，而他将目光以同等的强度转向我们两人的双唇。我们观察他脖子上的血管，看了一会儿，紧盯着那最后一颗汗珠如何顺着脖子滚下贵妇小径①。与此同时，他细看我们的脸，目光驻留在下巴与

---

① 此处为双关用法。贵妇小径（chemin des dames）既可指法国北部埃纳省一条建造在山脊上的休闲步行道，全长约35公里，原为法国国王路易十五设计给他的女儿们作娱乐之用，第一次世界大战期间因重要的战略位置而导致德法两国对其控制权展开反复争夺；又可指男性身上竖向生长的腹毛。

脖颈的夹角处。我们彼此端详，仿佛长久不曾感受过另一个人体温的男女，仿佛最后的幸存者。突然，安娜笑了起来，脑袋向后一甩，哼起一支士兵似乎听过的小调。

她用低沉的嗓音唱道："倘若你也将我抛弃 /（……）没有人能再做什么，没有，谁都对我无可奈何 / 倘若你离开我，再也没有人 / 能理解我的不安……/ 而我将永守这份苦痛。"

大概是什么电影插曲吧。安娜一向喜欢在最意料不到的时候唱这类歌，显得很别致，而且也一向奏效，因为总有人乐意加入游戏。

士兵看着我，用破碎的嗓音接道："在沉默中 / 没有希望 / 意味你的心已经离去 / 这就是残忍的不确定性 / 谁来搅扰我的孤寂？/ 我的生活要如何为继？/ 如果你就此离去……？/ 我需要你在我身边（……）你一走了之，我心慌意乱……/ 意乱……（……）倘若你也将我抛弃 / 我就一无所有 / 在世上一无所有，再也没有人 / 能理解我 / 能支持我 / 等待！等待！等待！明天再来。"

我在士兵的双唇上——饱含酒精或防腐剂的双唇——留下一个吻，心头产生一种奇怪的感觉，仿佛是我创作了那些歌词。看我一脸困惑，士兵安慰般地对我说："别忘了。"

可不吗，我想把一切都忘掉，就永远留在此地。

他们再一次哼起小调的开头，声音越唱越大，安娜一边摇晃，一边把手指伸入士兵的头发。

"安娜，我说了，这个男人是我生命的一部分。"

她默默地点了点头。然后她让士兵给我们讲一个故事。他于是说起一次在战壕里打牌的经过：那天晚上，一个法国兵打出一张女人的照片来代替红桃王后。"这张女人的照片让我疯狂。"从那时起，他就对那形象念念不忘，她对他紧追不舍，直到让他病倒。"那我们和她像吗？"安娜问道。

这时一阵喧哗，外面那帮人走了进来。艾米莉（已经歇斯底里）打头，后面是托马、塞巴斯蒂安，不仅如此，看上去，他们全都想做爱。艾米莉笑着大叫："我和你说过了，不管你想做什么，一定没我做得好！"

安娜向走廊的另一头望去，看到艾米莉的男朋友落了单，正神情忧郁地抚摸一条狗。然后她对我眨眨眼，显然对这一晚的进展很满意，就转身加入了那一群兴奋的小团体。艾米莉身处中心，正在"生活空间"里脱掉身上的衣服；于是我发现，恰恰是存在，才是最值得途经的美丽之地。

16

当我醒来的时候，我感觉到托马的呼吸从右侧吹来，拂过我的脖颈，一只手搭在我的胯骨上。我没有看到塞巴斯蒂安、艾米莉和土豆团子，但是从地板上床单的形状推测，那应该就是他们。我之前摘下了助听器，但忘记放到哪里了。我有些担心，便从这一堆裸体中挣脱出来想找找看。我在衣服堆里翻找出几件胡乱穿上（因为没找到我自己的那几件旧衫），一一挪开经历过昨夜的那堆"死尸"，有的人还有点反应，其他的真和死了一般。然而助听器始终没有找到，最后是士兵给我递了过来。它在他的大手中看上去就像一只沉睡的海马。我按了开机，对他表示感谢，但没有听到他的回答。

大家一个个醒过来，找寻自己的衣服，佝偻着，像拾穗者一样。我不再能听到脚步声和说话声了。托马吻了我，喃喃说了些什么，我没有听见。塞巴斯蒂安看着我，仿佛尽在不言中似的："铝制欧石南。"

"什么欧石南？"

"苍白的兔子？"

"你在说养兔业的事情吗？"

他笑了起来，这下一帮人都醒了，但我不再能像昨天那样听见他们的笑声了。

士兵朝我递来一张小纸条，然后就消失了："我告诉过你不要忘记。"

"V形丝绸，完全是秘鲁的。口腔科的事情归NETU管。"

不知道托马是在说 Netflix（网飞）还是 Tesla（特斯拉），抑或是 Uber（优步）。他也有可能是在说结肠病变、养蚕缫丝、V形领口，或者随便什么和秘鲁有关的事情。

乱七八糟，世界再次变得不透明起来。

"安娜，我说了，治疗已经无效了。"

她和我解释说这很正常，按计划本来就不会持续超过一晚上。回去的路上，我把自己封锁在嗜睡的昏沉里，狗的口水淌在我的裙子上。

17

第二天是我去市政厅上班的第一个工作日，我伪装成一个见过世面的女人的样子，在上班的路上透过轻轨的车窗观察街道。

人们都是怎样轻轻松松完成这些事情的？穿过人行横道，接听电话。

我吸入一口秋日潮湿的空气，随即跨入市政厅前门，找到部门负责人的办公室。接下来和我想象中一模一样：软绵绵的手 —— 听不见说什么 —— 越来越不安 —— 部门介绍与同事介绍 —— 抵达我的岗位。我模糊地听出那是关于新生儿申报登记的。

我需要和来访市民一起完成出生证明申报，走完涉及各个行政机构的流程。

我有一上午的时间来学习使用相关的计算机系统，"站稳脚跟"，适应环境。

出生登记处有四名同事。经过一番鸡同鸭讲的交流，我终于把自己身体上的问题解释清楚了。

我耐心说明了几点情况：左耳完全失聪；右耳听力受损，需倚赖助听器，必须靠读唇语来填满一句话里的空缺。

我看到他们的眼睛亮了一下。我说自己需要有光才能听得见，这话无形间让我获得了一笔不小的诗意附加值。只不过等到每个人都被要求把说过的话重复两次以上之后，这诗意瞬间就崩塌了：我的地位从诗人降为低能儿。

从我自身的角度来说，同事们听起来就是一个团块，盖着一模一样的棕色风衣。

然而，其中一个人穿透了这毛毛雨般的朦胧氛围。她叫凯茜，脸上长着雀斑，总是一副严肃的表情，就好像我刚刚向她——而且只她一个人——吐露一个秘密。我能知道她叫凯茜，是因为她向我多番强调了自己的名字。"我们这儿有两个凯茜。"我没听懂接下来的话，不知道她举出了什么性格特征，以证明自己比另一个凯茜更凯茜。

她让我想起童年时期把玩的那个鬃毛都被我剃掉了的彩虹尾巴小马玩偶。

安娜要是见了她，会说她一定通读过和"个人品牌"或者"个人营销"挂钩的一切文字。安娜很喜欢想象其他人的枕边书，特别是她不认识的人。不仅如此，她对这个人所知越少，对自己的猜测就越有自信。

我对凯茜[+]的声音寄予厚望，希望经过少许练习之后，她能在我大脑中盖上"值得信赖的产品"的标记，不用专门读唇语也可以听清楚。

她和我说她能理解。我想她指的是我的耳朵。看到她双手捂着心口，嘴巴噘成鸡屁股的形状，我得出结论：她"深受感动"。她让自己视线模糊，我能看到她浅棕色的眼珠失去焦点，仿佛我只不过是块毛玻璃。

她继续强调：我可以指望她。

这一天剩下的时间，我都在熟悉其他同事。近距离观察，他们彼此之间有很大差别。另一个凯茜的发色没有凯茜[+]那样金，眼妆画得很浓，眼影是言语治疗师办公室墙纸的水绿色，烟嗓。至于那位高个同事的名字，我只听出里面有"拉"这个字，他大概率是叫尼古拉，而不是夏尔。我的耳朵完全听不到任何颤音，那个"a"的音听起来是如此清晰和响亮，我觉得肯定是和"l"组合的，而不是和颤音"r"，那样的话元音会蒙上一层阴影。至于让-吕克，他的名字我听得很清楚。有时候复合的名字反而更容易听清楚，虽然我经常会栽在其中的第二个名字上——不过这回，最后一个"克"字听起来如此明确，以至于我不太可能把"吕克"与"让-诺"里的"诺"弄混。我暗自庆幸自己是在负责出生登记的部门工作，假以时日，我脑中的人名词汇表一定会无懈可击，也不必再害怕听别人做自我介绍了。让－吕克有一种仿佛是冷冻保存至今的少年气质，让我有些触动，但他同时又让人感觉没法信任，像是那种靠告密幸存下来的人。

安娜在办公室的出口等我，她想感受一下气氛，看看同事们长什么样子。她像一个返校日的毒舌姐妹那样温和地开了几个玩笑。"其实凯茜+人挺好的。"我憨憨地说，总感觉她姿态包容，自己对她有所亏欠。"你不要太天真了，单位里面不存在什么'人挺好的'。"安娜回答说。我争辩说她对此一无所知，毕竟她可是能吹嘘自己从来没有面过试的人。

18

我稍稍提前一点来上班，仿佛早点开始一天，就能早点结束。我在办公桌上看到自己的自助工卡，是凯茜[+]搞定的。我嘟囔出几句感谢的话，与此同时，同事们从双扇防火门鱼贯而入，和我打招呼。我一头扎进那些小册子里，那是我作为合同工需要读的，另外还有一些内部文件，比如说员工代表的选举。我在下一轮选举的候选人名单中看到了凯茜[+]和让 – 吕克的姓氏。

看到我工作的柜台后面排起了长队，想到每一张嘴巴会说出的名字、姓氏以及可能会提出的问题，我开始感到恐慌。我还从来没有过不得不回应别人明确要求的经历。

第一个"用户"走上前来，凯茜[+]用她微笑的圆润白牙鼓励我 —— 之前收到过一封看上去像是公共服务章程的邮件，其中特别向我强调说，不能使用"客户"或是"病人"这样的称谓（不过我认为这个词是恰如其分的，因为要在行政意义上完成出生的流程的确需要很多耐心[①]）。我还没来得及和他打招呼，他就已经提出了一连串问题，准确来说是一个可以进一步延伸的问题。他的声音像生锈的秋千那样移动，有几个词落回嗓子眼，像滑轮一样嘎吱作响，另外几个则提高音量，向我的耳朵扑来。他的嘴巴受到来自鼻子的作用力，不时变形，导致词语的重心被转移，舌头上的观点被改变。我彻底迷茫，干脆豁出去把出生申报表塞给他，并挂上一副掌控局势者特有的那种息事宁人的微笑。他似乎有点惊讶，却也没再说什么，蔫蔫地把表格填好，交还给我，耸耸肩离开了，把位子让给第二个用户。那是一位五十岁左右的女士，发元音的时候总把嘴咧得特别开，发辅音的时候又斩钉截铁，导致音节都支离破碎的。或许因为她是外国人，她并没有因为被要求再讲一遍此行的唯一诉求 —— 取回女儿的出生证明 —— 而大惊小怪。我向她解释了接下来要走的程序，她带着一连串"OK"离开了，仿佛那是能帮她记住路线的低音声部。用户一个接一个上前。每当我听不懂的时候，每当声音的潮起潮落变成浑水的潮汐，双唇的配乐失去意义的时候，我就在心中默念《孙子兵法》里的"假痴不癫"[②]。

---

① 法语中，病人（patient）和耐心（patience）拥有同一词根。
② 此处原文有讹误。"假痴不癫"出自《三十六计》，是其中的第二十七计，而非出自《孙子兵法》。

我还需要向各部门发送回执，以确认一个新生命的存在已经生效。一种奇怪的感觉挥之不去，仿佛我正在分娩新生儿，只不过是行政意义上的分娩。我只负责两个词：一个姓、一个名，接下来就交给整个社会了。

午餐时间到。我对食堂的印象还停留在童年时代，总结起来大约就是：猛地掼到盘中的湿面包和碎牛排，嘈杂中一张张塞满了食物的嘴巴嘟囔个不停，没头没尾地闲聊。如今我还没跨进大门，就又与这片嘈杂相遇了。

站在自助区队列的末尾，我试图看看有没有其他人也是残疾的。我之前读到，市政府每年会招聘一百来个残疾人。我仔细观察每个人的眼睛、耳朵、双脚、双臂，想找到假体或者义肢，但却什么都没发现。我于是转而寻找有什么异常之处，结果发现自己的目光在一个女人的胸前徘徊许久，那对胸可以用"像弹坑"来形容。这时我发现自己也在被人看，我转过头去，看到一个同事紧盯着我的头发，于是我放弃了这个市政厅残疾版"七大家族"①的游戏，在桌子一头坐好，紧挨着凯茜+。我能明显感觉到，两个凯茜里更凯茜的这位在努力使我融入这一圈围绕着土豆泥／小香肠的弯曲脊背中。她把一只手

———————

① "七大家族"（jeu des sept familles），一种纸牌游戏，源自英国的"幸福家庭"（Happy Families）游戏。游戏使用一副总数为四十二张的特殊纸牌，分为七个家庭，每个家庭六张牌（祖父、祖母、父亲、母亲、儿子、女儿），游戏的目标是将尽可能多的家庭组合在一起。

搭在我前臂上，仿佛要抑制我的消失，害怕我的身体会像变色龙一样变为土豆泥的颜色；当然更重要的是，要向我以及其他人表示她是多么不可或缺。

我看上去很正常。这一点似乎导致让－吕克很尴尬。我觉得他对我的助听器很感兴趣。他不太能理解我的残疾。当我告诉他我可以借助合适的设备完成电话讨论时，他吹了声口哨。接下来的一分钟，他怀疑地盯着我，就好像所谓残疾是一场针对他们策划的阴谋，是我瞎编出来好赢得这个职位的。

我回到办公室，因为努力与同事们进行闲聊而疲惫不堪。下午，我录入了三张花卉购物券：埃格朗蒂娜、米莫莎、瑟丽斯。[①]

这个午休实在太累人，我已经没力气再去推测市政厅的"用户"们的要求了。精疲力竭的我最后只能把用户们都推到凯茜+那边，让她来解决我听不懂的问题。凯茜+看起来好像有点不一样了，变阴沉了，她的目光中有什么东西让我明白，这事不会就这样了结。

我安慰自己说，我不是自己想要当残疾人的，是残疾落到我头上来的，就和其他很多事落到我头上一样。

一天结束了，离开那座装配式建筑时，狗已经在等

---

① 法语人名埃格朗蒂娜（Églantine）、米莫莎（Mimosa）和瑟丽斯（Cerise）均取自花卉，它们的本义分别为野蔷薇、金合欢和樱桃花。

我了。它一路跟着我，对每一个经过的路人狂吠。回到家里，我没管邻居，也没给我妈回电话，狗一直在用尾巴拍打我的小腿，让我心烦意乱。再怎么说，我是没有力气把我这两天开始上班的故事再讲一遍了。我宁愿蜷缩在我的士兵的怀抱里，狗加入进来，仿佛我们就是它的主人。

"我没有听得更清楚，反而更糟糕了。治疗没有起效果。"我对士兵说，脑海中浮现出听力图上的小小山峰，"我会有抵达海平面的那一天吗？"

我默念"自以为是"这个词，以此平复心情。

我很喜欢把那些已经过时的词念出来，虽然我不戴助听器都听不到。感受它们在我的唇间成形，是我和语言之间的一个承诺。

19

时间的流逝让我安心，但我又害怕沉入十二月的漫漫长夜。我发现同事们的行为举止多少有几分奇怪。凯茜⁺在愉快和尖酸之间摇摆不定；让－吕克和我在一起时偶尔会放松下来，但总是很快又回到他那卡波^①式的风格；至于那位名字里有个"拉"的、背头梳得像悬崖峭壁一样硬朗的同事，我们的关系已经客气到了近乎敌对的地步。最后说说凯茜⁻，我现在开始对她着迷了。她在自己的柜台上用图钉固定了好多小狗和小婴儿的照片，远看就是一大片蓬松毛发、圆滚滚四肢和亮晶晶玻璃眼珠的集合。我认为，在出生登记处工作的她对一切新生的事物有如此大的热情，却又对随后的一切漠不关心，这无疑是一种使命感的标志。

凯茜⁺的声音突然穿透进来，带来她生活中的逸事。她有一个正处于青春期的女儿，致力于将每个小意外都

---

① 卡波（kapo），又译囚监、功能性犯人，法西斯德国时期经纳粹党挑选、委任，负责监督、管理集中营中的政治犯的普通刑事犯。

转化为一部始终有她妈妈出演的伟大史诗：破冰派对玩到酒精中毒被送去亨利 - 蒙多医院；在警察局通宵；在家弄出引来消防员的事故。我不禁对这个人生阶段心怀嫉妒：那时你还活在动画片里，可以跌倒一万次，站起来的时候眼睛里还会有星星闪烁。但当我看到凯茜[+]的生活是如何处处受制于另一个人的生活的时候，我想，只有我这位身陷永恒约束的同事才是女英雄。

日子一天天艰难地过去。我试着不要因为找凯茜[+]帮忙而自责，尽管我感觉到她的行为发生了改变：起初分外热情，爱眨眼，还会将触角般的手按在我的肩头；如今她变得坚硬起来，眼睛转向里面，嘴紧紧抿着，两只手也缩回衣服里，就像一只躲进壳里的寄居蟹。有时她会离开一小会儿，让我帮她处理事务。然而那时并没有用户，她的电话也是让 - 吕克负责接的。她似乎是特地想让我注意到她的缺席。

有一天，她又一阵风似的离开了，我决定跟上她，指望着走廊里的割绒地毯可以吸收我的脚步声。她冲进一个逼仄的小房间 —— 曾经的厕所，但房间门因设计太差而从来都关不上，如今成了大家的休息室。透过门缝，我看到她坐下来，从外套口袋里掏出一盒药，取出药片，迅速吞了下去。这时，门肯定是轻轻地响了一下，她的目光对上了我的。我确信在她眼中读到了一丝恐慌。她很快地环顾了一圈，大概是想逃跑——我真希望当初没有跟踪她——肩膀蜷缩起来，仿佛要藏住我所目击的确定事实。我告诉她我什么都不会说的。"谁也不说。"我再三强调。秘密是我这一生中最熟悉的东西。她无视了我的承诺，眼帘低垂，用双唇对我说："你知道，他们叫我全情投入，但是我始终没能转正。"

"转正"是一个周游过餐厅里每一个嘴巴的词，其中各元音发音口形之间的差异很大，所以很容易识别——这一连串的"i, u, a, i, é"①不仅让一张张面孔变形，也在塑造一个个希望和一条条职业路径。我直视她，希望表达我的全力支持，她的眼神却黯淡下来。她怨恨我看到了她的脆弱。我说不好意思，她站起来，仿佛无事发生过，又变回了凯茜⁺，面上高高兴兴，时刻准备做出和解的表达。我退到一边让她通过，她速速回到了办公室，用敏捷的步伐嘲笑我，并在这一天剩下的时间里加快了工作的节奏。

我加倍努力，好让所有人看到我的工作能力。我搞定了要同步数据的一堆文件，输入了所有的信息，又确认了一遍没有错误。我甚至问每个同事要不要把他们的那堆文件交给我做，毕竟我集中注意力的能力应该高于

---

① "转正"在原文中对应的单词是"titularisé"，"i, u, a, i, é"是其内含的元音。

平均水平 —— 在这一点上，是不中用的耳朵锻造了我。凯茜+朝着我的方向玩弄自己的颧骨，但那微笑已经瞎了一只眼①，已看不清要笑给谁看。

我带着一种奇怪的感觉离开了市政厅，仿佛不再知道要如何破译真实。正当我循着栗树的根茎看它们在夜色中顶开沥青路面时，我听见一阵刮擦声。也许那只是我想象中铁铲在地上开挖的声音。下一秒，我闻到一股也许是酒精也许是防腐剂的味道，这才看到我的士兵的身影。"你在吗？"我问道。他回答我，说了句"我自己也不知道"之类的话。这惹恼了我，我不禁畅想："要是语言可以不用这样让人捉摸不透，那才好呢！"然后我又说道 —— 语调温柔，毕竟他不必忍受我的忧郁 —— ：

"你还好吗？"

"怎么可能好呢？我已经在雪和血的战场上躺了三十天了。"

---

① 此处为双关用法，法语中的"borgne"一词既可表示"瞎了一只眼"的意思，又可表示"阴暗、阴沉"的意思。

20

十一月的最后两周是艰难的。不论上班还是下班，路上都是一片茫茫夜色。公交车站位于大路上，要走到那里，我得先走到一个拐角，再拐进通往主干线的一条又宽又昏暗的专用道，让我有一种沉入井中的感觉。每次经过这段路，我都会想起语言的音与义之间对应关系的缺失："夜"（nuit）这个字里的元音如此清晰、高昂且明亮，而"日"（jour）的元音反倒是如此昏沉。

到了工位上，寒冷冻结了凯茜+的声音。她说出的句子成了冰山，只有几个词能浮出水面，话中的殷勤也显得机械。语言的音与义解体了。我始终没能驯服排队的用户。四次里有一次，我能听懂问题；六次里有一次，我会把人推到凯茜+或者让－吕克那边，利用自己看上去很稚嫩的优势，让人以为我是个不太机灵的实习生。

过了圣诞，还没到新年，安娜织了件带洞毛衣，我妈家里装上了圣诞树小彩灯（我差点触电），政府发通知说要减少公务员人数。紧随其后的是一月初，《狄奎凡氏腱鞘炎：因重复劳动诱发的肌肉骨骼劳损诊断指南》一书走进了部门的日常。凯茜[+]据此展开斗争，要求管理层提供符合人体工程学的鼠标垫，但最终我们只得到了带有防滑握套的自来水笔。员工代表选举即将开始，让－吕克与凯茜[+]之间的关系肉眼可见地紧张起来 —— 二人分属于政治标签不同的工会。有传闻说，部门里要取消一个职位。传闻是不必听见都能感觉到的东西。同样的话又回到了每个人的嘴里，从窃窃私语到言之凿凿。"这不过是家中的尖刺。"[①]安娜引述道，并对我讲述到一半的日常翻了一个白眼。

---

① 语出蒙田。

21

接下来又收到了市政厅的通知，宣布要在节后（也就是一月中旬）进行部门重组。同事们看我的目光又添了一层疑虑。他们或许是听说了我残疾岗位的身份，觉得因为我刚来，人事部门会为了这个缘故把我留下，于是他们的未来就被我偷去了。我不知道要如何让他们放心。

我想起言语治疗师对我说的话："你不是个例。聋人的就业状况非常复杂。有些公司会直接拒绝雇佣聋人。"除了自己以外，我从来没有遇见过任何一个有听力障碍的人。这样的拒绝切断了我和他们的联系。

"你的自我认知建立在健听的基础上，但你依旧承担着聋人的难处。没有一个人可以认识到这一切，你是处在一个不可见的边缘里。"

"我希望能遇见他们中的一些人。"

从那以后，我一直在等待着他让我与其他听障人士取得联系。

当我把这件事告诉安娜时，她问我："你想找的是什么呢？"

"我的一部分。"

22

为了庆祝新年，安娜找了个酒吧组织了一场朋友间的小聚。我在他们的桌子找了个位置坐下，点了一杯喝的。见到安娜让我很安心，但是同桌的其他人却让我不安，因为已经有一个人想找我说话了。我感觉到她的眼风一直往我这边瞟。运气真烂哪，她是这桌唯一兼具以下两点的人：1）声线不高不低（这种音色像是直接掉到一个黑洞里）；2）咬字不清楚。我艰难地听明白，她最近刚做完手术。她一定是听安娜说过我因为听不见而出洋相的事，不然无法解释为什么尽管我再三推辞，她还是对我穷追不舍，想要建立联系。我们或许有着共同的经历，但是我并不想在结束了市政厅的艰难一天后，又一头扎进这些痛苦的议题里。我更不想费力做一番大脑体操来理解她想说什么。我只想喝杯啤酒，放声大笑，享受这个所有顾客都变成聋人的酒吧，在这里过上一个小时，所有的对话都简化为快乐的"啊？嗯？哦！"。

但她不这么想。趁着一群烟民去外边抽烟了，"声线不高不低且咬字不清女士"靠到我身边来，把头埋进我的头发，想找到一只愿意倾听的耳朵。我只好把脸猛地后仰，强迫她和我面对面，对她说，我读唇语。对此，她的回复是指指自己的钢圈牙套，让我明白这样对她来说行不通。狗打翻了她的啤酒杯，啤酒泼在了她的裙子上。"我很抱歉。"我对她说。要命的谎言。趁她处理突发情况，我喘了口气。很快，裙子擦过，她手里又有了一杯啤酒。

这场小事故之后，我频频插话，反复强调她说的东西我一字不懂，然而效果适得其反，她的独白越拖越长。我最终艰难地弄明白，原来她在给我一一列举 —— 从她的那位始终拒绝戴助听器的祖父开始 —— 她认识的所有听力障碍者的名字。

我想象自己已经对她要讲的故事烂熟于心：祖母念叨祖父耳背，合家欢的氛围也因为祖父的抗拒而破裂，家庭聚餐时气氛陡然紧张起来。

我关掉了助听器。我不再假装友善，只用心不在焉的点头回应。她笑了。她一定是在和我说那回祖父搞错了，把助听器丢进假牙专用玻璃杯的故事，或者 —— 不，看她笑成这样，嗓子都要哑了 —— 更可能是在讲那回家政工在风干的猫咪呕吐物里找到助听器的故事。

安娜和其他人已经回来有一会儿了，他们都从我

显而易见的不耐烦中看出这场对话进行得磕磕绊绊，但
"声线不高不低女士"看上去倒是在度过一个愉快的夜
晚。当唾沫星子开始喷到我脸上时，我说我真的听不懂，
她再怎么说也没用。结局不难预料：她被冒犯了，撇了
撇嘴。

　　（安娜笑着对我说："有时候哇，露易丝，你还真挺
讨厌的。"）

23

第四个月了。我的士兵希望我可以尽可能顺利地度过试用期，便训练狗，让它一看见有云朵飘来就汪汪叫。他坚信，如此一来，我预知了光线条件的变化，就能设法补足读唇语的不便。然而，今天早上，这条狗一到市政厅门口就消失了。

我是部门里第一个到的，门口已经排起了小队。我在桌前坐好，用户们向柜台走来。

"您好。"我对第一个人说。

"我坚持要 u，人家和我说要证明。申报。"

"您参与分娩了吗？"

我没听见他的回答。他看上去很生气。我明白这个问题有些突兀。有些人会直接被吓到；有些人则视其为一个分享亲身经历的邀请，于是驻足于柜台前，仿佛身处一家小酒馆。不用听见也可以明白，这让众人都很恼火。

我想把那份出生申报预填表递过去，却发现全部用完了。可是，昨天我的桌子中央还摞着厚厚一沓呢。没有纸质表，要想往电脑里输入数据就得一个字母一个字母地把每个词拼出来。我想去找几张纸，好让用户把信息先写下来，但是一切都不见了，或者是被拿走了。这是同事的突袭吗？凯茜+策动的？面对不耐烦且还在不断延伸的队伍，我别无他法，只能直接往电脑里输入离谱的名字。一张张红色的嘴巴像是一个个禁止通行的路牌，舌头在其中左右摇摆。我能听到的，唯有狗在云层间的吠叫。

我弄错了一百来个姓名，在用户愤怒的注视下，我分娩出一个又一个行政怪物：弗朗茨·索瓦米、贝内·洛普－维加①。

快到中午，我看到同事们来了，神情分外松快，凯茜+走在最前面。这一记耳光第二次打在我脸上。我的双颊因羞耻而发烧，身上一阵激荡。凯茜+的每一个微笑、每一声你好和每一句"祝你好胃口"都是这记耳光的回声，都在重燃那一刻。

---

① 弗朗茨·索瓦米（Frantz Soimit）和贝内·洛普－维加（Béné Lope-Vega）都不是典型的法语姓名，前者应当名为弗朗索瓦（François），后者应当名为佩内洛普（Pénélope），因听力障碍而只能阅读唇语的"我"无法准确判断名与姓之间的停顿，也无法准确区分发音口形相近或相同的辅音，故而产生误读。

24

这一天下来，我垂头丧气，跑到言语治疗师那里，期望候诊室的绿色墙壁能予我安慰。安娜有一回形容我面对失聪自欺欺人的态度，说："一杯水都能把你淹死。"

一进诊室，我就脱口而出："说到底，为什么我要不惜一切代价掩饰这件事呢？为什么所有人还都愿意配合我的骗人把戏呢？"

"因为所有人都在寻找正常状态。之前你的听力问题还能遮掩过去，于是所有人都很开心。但如今你已经从中等失聪恶化到重度失聪，想掩饰也没用了。建议你从现在开始练习识别男性和女性的声音，以及小孩的声音，光靠耳朵来辨别，把眼睛闭上，用这种办法强迫大脑锻炼从背景音中识别出周围生活场景的能力。你还可以把声音录下来，方便记忆。你会重新体验到掌控的感觉。"

掌控。如今快沦落到手语的地步了，我觉得这个表达特别讽刺。

25

在回家的公交车上，我试着从轮胎嘎吱、人群喧嚷和声声汽笛构成的背景音中分辨出细微的叽叽喳喳。我将注意力集中在这些不规则的缺口上——那是意义的通道。一组高音迸发，遇上一阵嗡嗡的轰鸣。我用大砍刀草草劈出这幅有声图像的轮廓；根据其节奏，我推测这是发生在两个人之间的对话。然后我让耳朵聚焦于这片区域。轰鸣声归于沉寂，只剩下高音的叩击与更接近喉音的音段轮替出现。之前有人和我说，高音会有助于分辨辅音，而单词有了辅音才有了体量。辅音有如支架，撑起一个词，让元音可以攀附其上。这声音的调子和歌唱般的节奏都让我倾向于认为是女声。第二步是辨别说话者的年龄。在我看来，这不是一个少女的声音，过于从容了。轰鸣声再度响起，仿佛壁炉的烟道，又仿佛暴风雨之夜，不徐不疾地回答了那位中年女士。短促的、双音节的、被犹豫拖长的词会更容易吸引我的注意。这时公交车轮胎嘎吱一声，一道细细的尖叫从她口中逸出，我回过头去，看到他们走远了：是一位五十多岁的女士和一个皮肤已经干瘪发皱的老男人。我的判断是正确的。我喜欢上了这个游戏，开始学着调整焦距，栖居于城市的音景中。

安娜给我打电话，我没接。怯懦的我宁愿自己一个人待着。不过我还是听了她含混的留言，里面和我解释说，她发现自己只会梦见两个音节的词，其他的都消失了。她认为这是一种灵魂的萎缩。我听不下去了。那种缺失感又回来了，那挥之不去的感觉，仿佛我失灵的耳朵是一只致命的漏斗，让我的生活不能呼吸。是的，安娜，我的灵魂，我漂浮在福尔马林中的灵魂，感受到的正是萎缩。

就在这时，我想起了维克多·雨果的那句话："如果理智可以听见，耳朵听不见又有何碍？真正的失聪只有一种，是无法治愈的，那就是智力的失聪。"他和安娜都安慰不了我。

晚上，在无声的黑暗中，士兵和狗站在床脚。恐惧让我坐得笔直。三双圆睁的眼睛和三张朝着夜色张开的大口连成一道不安的地平线，我的目光铆死在上面。

只有阅读才能抚平对于消失的焦虑，让我看到词语完好无损、触手可及、黑白分明的样子。

26

床单随着新一天的到来而掀起，推走昨日的记忆：找不到的表格，保罗或扫罗，巴西勒或帕特里克，所有那些弄错的名字，还有凯茜⁺胜利的微笑。在房间的角落里，士兵正在咀嚼纸张。听力丧失的焦虑再次攥住我，紧迫感袭来，我想要保存好仅剩的声音，给它们留档。就从冰雹开始，从公寓的客厅开始。我开始记录：

公寓

拉丁学名：*salvete*

俗称：冰雹

纬度：48.8355906

经度：2.344926100000066

乳牙的雪崩

27

1月10日。约谈的日子。上周的事故已经传到了管理层的耳朵里，我被请去"说明情况"。这天早晨，上班路上，我注意到摩托车怪兽般的轰鸣声，抛光机的高速旋转声，拥堵中的车流的低音声部（我还以为是潮汐）。穿过市政厅的玻璃门，我感到空气变了，变得滞重，声音的振动在其中也窒闷了。我感觉走进了一个潮湿的岩洞，感觉自己变成了一副掉进水里的助听器，沉入迷失在海底的珠穆朗玛峰之中，离海平面一万多米，路过接待处电话总机的时候听见鲸鱼之歌，快走到打印室的时候听见快艇涡轮转动的声音，走廊里回荡着神秘的声响：地壳的摩擦、喘息、叹气。

"（叹息声）里浩琴左。"

人事部门的主管指了指一把办公桌旁边的椅子。我确认了一下她指的不是立陶宛的某条山脉，然后坐了下来，呼吸急促。

"我们听说了一些事。风言风语，潮流涌动（咯咯声）。"

一个脑袋伸进门框，和我的交谈对象交换了几句我没有理解的信息。我的海洋助听器沉入了地下。

她以极快的速度向我递来一份合同，上面写着："岗位：数字化，N8 级。部门：死亡档案处。"

接下来，我被带到地下室，陷入更深的地底。手里的新合同就像一个铜板，在我眼中，它来自世界的另一头。迷宫般的水泥走廊在微弱的光线下呈现出珊瑚般的外观。我默默地接受了自己的命运。

28

我有六个月的时间将 783954 份死亡证明数字化，其中最早的可以追溯到 1914 年——10 万具法国士兵的尸体还躺在战场上。直到如今，时不时还会有人挖出附有身份信息小牌子的骸骨，迫使我们在一个世纪之后承认这些人已经死亡的事实。那个年代的部分死亡证明逃脱了国家档案馆的辑录。等待我处理的卷轴有着一些最惊人的标题："仍需补足尸体""死亡证明会议摘要"。

待在地下室很中我的意。我无需再与凯茜⁺或者其他人打照面，无需再去餐厅，靠三明治和灰尘充饥就够了。要说有什么不中意的部分，那就是换了一个新岗位，我的试用期又从零开始了。

我感觉自己遭人背叛了。当我把这事和安娜说的时候，她告诉我，遭人背叛总比背叛人舒服。

有人对我说话，我抬头看他的嘴唇。他向我要一份时间在最近三个月以内的死亡证明，但他的妻子是三年前去世的，所以不存在三个月以内的文件。他一副心烦意乱的样子，向我强调说，如果没有文件，他就无法再婚了。我叫了同事过来，还是没有办法。男人气得浑身发抖。我记下了他的电话，陪他走到走廊尽头。途中，墙壁不时地剐蹭我的皮肤。刻耳柏洛斯[1]守在地狱大门前，我痛得吠叫出来。

我输入 F/A/45/879/E 的一百多号死亡记录，结束了没有午饭也没有休息的一天，回到了地面。

晚上下雨了，我得以集中注意力于脚步声上，试图闭着眼睛猜出鞋跟的高度。我列出一个小表格（空的）：

鞋跟低于3厘米		
鞋跟高度在3厘米与5厘米之间		
鞋跟高于5厘米		

终于走到一处，每条人行道都散发出家的味道，沥青反射的路灯光线让人想起床脚的夜灯。我遇到了邻居，他连呼吸都散发着担忧的气息，一种混合了熟菊苣和威豪烟的味道。看我一脸漠然，他问："你确定一切都还好吗？"接着又强调说，最近我的行为举止有些奇怪。他

---

[1] 刻耳柏洛斯（Cerbère），希腊神话中看守冥界大门的狗，它在大多数艺术作品中的形象是一只三头犬。

没忍住 —— 我不知道他能从自己的客厅窗户看到我的两居室 —— 观察的冲动，发现我会一个人喃喃自语，做出些例如走来走去等令人不安的行为，在沙发上滚作一团，一整天或一整夜开着灯不管，有时候还会扔出一些会爆炸的东西，以至于他都纠结要不要打电话给消防局了。

关他什么事？我咕哝着离开，转而在我的声音标本志中记下：

拉丁学名：*siren siphonarius*

俗称：消防警笛

纬度：48.866667

经度：2.333333

红海海豹的泛音唱法歌曲

29

我渴求着这一周与安娜的聚会。这一天到了，她先是为我打开了门，再向我展开她的双臂，我跌进她的怀里，夸张地演绎我的疲惫。

"你闻起来像个老人。"安娜假装取笑我。

那一定是地下的味道。和鱼打交道的人闻起来像海——两者是一个道理。我倒觉得自己散发的是孤独的臭味。

走到客厅，托马在里面。那次聚会之后我还没有见过他。

安娜对我眨眨眼，拉着我的手把我拖进客厅。托马给了我一个贴面礼，我没有听到他的声音，但一股嘴巴的味道——香菜的味道——飘来，让我觉得他应该张嘴了。我回了一句"嗨"，喉咙因忐忑而发紧。我说话是为了垄断空间，为了不必听别人说话。我开始讲述我们一生中是如何因为与各种机构的联系而进入无尽的登记，从出生到学校，从医院到税收。我讲了档案为何危在旦夕：因为木质素这一木头中固有成分的缘故，纸张会缓慢变黄直至变成棕色，一碰就碎。最后，我不得不以历史上因档案而起的冲突来结束这段独白：拿破仑是如何夺取了教皇的档案，希特勒是如何夺取了敌人的档案，斯大林又是如何夺取了纳粹的档案。

托马张开了嘴。他刮了胡子，但皮肤下面黑色的胡茬还清晰可见。上回我没有注意到他嘴唇四周淘气的皱纹。我实在不信任他，以至于我的存在变形为一个隔音的保护壳，让我听不到他。为了面子上不至于太难看，我转而看他的眼睛。这双眼睛也太奇怪了。唯一不和谐之处就在这里：这双大大的灰眼睛保留了暴风雨之夜那种难以言明的色调，可那是新生儿的眼睛才有的色调。趁托马的嘴还没闭上，我观察他的镇定自若，他看上去可以适应任何情况。我想找到是什么让他显得真诚。看他用纤弱的手臂挥开空气，我发现他的身体后退了几分，制造出一次浅浅的退场，就好像，在这肥胖的人形下，他不过是一只鸟。我想我喜欢他一方面如此杰出地普普通通，另一方面又随时会蹦蹦跳跳，消失不见。

我从未经历过如此平庸、如此缺乏问题的时刻。我感觉我们只是简简单单地，在平淡无奇的某一周，在平淡无奇的某一天，晒着平淡无奇的太阳。

接下来，他的嘴巴结束在一个鸡屁股的形状 —— 某些肥厚的嘴唇表示疑问时就会这样。安娜替我回答了问题：不是，我不是在档案馆工作，但我有一个数字化的项目，是和国家档案馆合作的，为了帮助他们疏通。

就是这个词，托马的嘴就是被疏通了，空无一物。他的中低音是一台孱弱的鼓风机，句子有时会开倒车回到嗓子眼里，吹出些看不见的词。

安娜消失在厨房里，不知道在捣鼓什么，留下托马和我，两个人都有些尴尬。我猜安娜一定是趁我不在的时候和他说明了情况，因为他放慢了所有的动作，仿佛站在他面前的是一个宇航员。我们的手势悬停在空中，就连他睫毛的眨动都慢了下来。他中间的睫毛比两边的更长，形成一个尖角，形状宛如鸟喙。

在这失重之中编织出一种默契——因 RER 线尽头那一夜共同欢爱的回忆而滋生的默契。浮现在脑海中的爱抚缠绕成一根隐形的线，系住我们笑意盈盈的眼睛。这根线引着我们摇摇晃晃地走向欲望，并不着急。可一旦意识到安娜就要回来，这根线就松弛下来，回忆开始倒带，他的灰眼睛最后眨了一下，仿佛一个淡出镜头，标志着场景的切换。

安娜带着小香肠回来了，和我们谈起对有生命之物的操纵问题，或曰为何不要操纵有生命之物的问题。这个宏大的主题就这样降临到餐桌上，挨着番茄酱和小香肠：集约化养殖。这段时间安娜频频提起这五个字，以至于我都怀疑她是不是会在大庭广众之下对着小鸡视频自慰。

这也有好处：全部的声音空间均为安娜所占据，我就可以专心驯服托马的"不对""是的""是真的"，我甚至成功地分辨出他的话里出现了"根本"二字。于是我记下他的语调，他略略刺耳的音色。在客厅狭窄而安静的空间内，单词从白色的靠垫上弹开，艰难地、稳稳地落进我的耳朵。

信任是沟渠，是供托马的中低音奔流的水槽。有时，他一言不发，只是花时间调整自己的嗓音，发出一种让人联想起管乐器的颤音。

我听见安娜异想天开的温柔才智：

"给每种事物都补配一个神，一切都会不可避免地重获意义。"安娜喜欢强调句子中的副词，她还喜欢用"*nota bene*"①和"*confer*"②来充当解释性的插入语——从她口中说出，就像摩洛哥式的感叹词。

安娜给我递来一杯日本茶，是带咸味的液体，表面上漂浮着蠕虫。我指出茶里都是虫子。二人发出一种普遍被称为大笑的哈哈声。我以自己无声的笑作陪。"不

---

① 拉丁语，意为"请注意"。
② 拉丁语，意为"（请）比较，（请）参照"。

是啦，那是膨化的米。"他俩说完看着我，像看着一个孩子。

我时常有幸收获这种温柔的目光，它落在我因追随如乒乓球般来回的对话而圆睁的双眼前。通常来说，会有一道略显担忧的目光紧随其后，在其他对话者里追寻着问题的答案：她是异乡人吗？

30

异乡人。我是异乡人，是语言层面的失根者。有段时间，安娜在"arrivederci""baci""tutto bene"①和法语的"一切都好"之间摇摆，展现着她对意大利的眷恋：她妈妈祖上有几分那边的血统，而且她还依稀记得从前上过的意大利语课。我想她大概是在幻想一个艳阳下的意大利，炎热压垮村庄，哭丧妇绵长的哀泣从远处传来。她手捂着胸口说："我好想念意大利语。"我确信，等轮到我的时候，我肯定也会很想念法语。

这种乐趣于我是陌生的：人群中回响着一种你熟识的语言，轻柔的呼噜声让人感到抚慰；那是一种被陌生人包围却怡然自得的力量。走在街上，周围一片嘈杂，这样的法语于我而言更像是层叠鸡笼里的哄闹。我一定是在小时候被拔了毛，在结结巴巴的小鸡之间瑟瑟发抖，嘴巴流着口水，鼻子滴着血。

这些我已不记得了。

---

① 意大利语，分别意为"再见""亲亲""一切安好"。

此外，我也不记得单词，不记得戴助听器之前，也就是五岁之前的语调。那时的世界是没有任何声音的轮廓吗？细究之下，我意识到，我也没有任何记忆。

激活记忆是否需要声音？

31

安娜让我知道托马对我很中意："你让他感觉像泡了海水浴。"我没明白。我以为托马主要是因为我读了他的嘴唇而感到高兴。我此刻的神情一定很像安娜在托瓦里拍的那些狐猴照片，就是她后来特意用图钉按到墙上去的那几张。我在墙上看到过它们恍惚的样子，被吓得不轻。我非常讨厌安娜家里的这面墙，我给它取名叫"耻墙"：夏蒙尼的风景照旁并立着法国国家橄榄球队裸体日历、黑白大头贴和贫民窟朋克风格的标语，这里那里还有几张拍摄于上世纪七十年代的她祖母的照片。

"他真的很喜欢你。"安娜反复强调。我猜她不知道我有多害怕。

"你怕什么？"

"怕我脆弱的状态给人看见。"

"这就是问题所在，所以有人啊住你对你有好处。"

啊住，就连安娜的声音都变形了，被这头以词语为食的无声怪兽吸走了。

"怕把另一个人拉到我的消失过程里。"

"露易丝，你搞错了，这是重生才对。"

他人的评论开始让我厌烦。他们比我更清楚我要如何应对，或是要避免应对。

愤怒的泪水涌上来，安娜一脸懊丧，我默默抽噎。

她递来一张纸，上面写着：

$$\begin{pmatrix} x_{1t} \\ \vdots \\ x_{nt} \end{pmatrix} = \begin{pmatrix} \mu_1 \\ \vdots \\ \mu_1 \end{pmatrix} + \sum_{i=1}^{p} \begin{pmatrix} \varphi_{11} & \cdots & \varphi_{1n} \\ \vdots & \ddots & \vdots \\ \varphi_{n1} & \cdots & \varphi_{nn} \end{pmatrix} \begin{pmatrix} x_{1,t-k} \\ \vdots \\ x_{n,t-k} \end{pmatrix} + \begin{pmatrix} \varepsilon_{1t} \\ \vdots \\ \varepsilon_{nt} \end{pmatrix}$$

$$\rightarrow X_{t+h} = m + \sum_{k=0}^{\infty} C_k \varepsilon_{t+h-k}$$

我不理解地看着她。

她在一张纸上继续推演，一边说：

$$L_t = L_{t-1} + \varepsilon_t$$

$$L_t = \sum_{i=0}^{t} \varepsilon_t + L_0$$

$$\frac{\partial L_t}{\partial \varepsilon_t} = \frac{\partial L_t}{\partial \varepsilon_0}$$

"你看，L 代表你，露易丝。t 代表时间（她肥厚的舌头从齿间露出，安娜是把齿龈后擦音发成齿龈擦音了吗？）。所以说，今天的露易丝等于 $t-1$ 的露易丝，即等于昨天的露易丝加上你走过的所有时间（安娜专注地盯着我，大概是为了看看我是否感受到了她知识面之广博）。也就是说（安娜的食指指着第二行等式），你等于从你出生以来发生过的一切之和。这段充满变数的航程，是一个非稳态的随机过程。"

"可是安娜，这非稳态的受虐过程和我有什么关系呢？"

聪明如安娜，她并没有理会我的问题。她再次将目光投向我，强行睁大眼皮，一眨不眨，好让我迷失在她知识的汪洋中。

"这个嘛！这个等式告诉你，很久以前发生在你身上的事对你的影响，和昨天的事对你的影响是一样的。你就是你生命中发生过的事。"

"然后呢？"

"你能听见时候的经历和丧失听力的时间一样重要。作为实体的'露易丝'既是失去听力之前的你，也是现在的你。实体'露易丝'什么都没有改变。你并不比从前少点什么。失去不是给你的存在做减法。托马今天能遇见你是他的幸运。"

她看着我，为自己感到骄傲，为做一个知识渊博、时刻准备着让我振作起来的朋友而骄傲。最后我只好笑了一下。

不论如何，安娜的理论有一个好处：它照亮了我的倦怠，刺穿了包裹在四周的硬膜，让我看到一个通往别处的开口。

32

托马是一名出行顾问，我不太明白那是什么，不过我对这一领域的标志性词汇印象深刻："地域"。按照他的说法，我们生活在一块位于宇宙郊区的球形土地上，我们的星球是一块遍布网络与连接的区域，有待开发与转化。

除了这个关键词以外，我记住的就不多了。

当我在人群中观察他的时候，我感觉仿佛在走向自己原该拥有的模样——如果我不是如今这样的话，如果植入耳蜗能让我恢复正常的话。

我看到他：

——和别人同时回头看向有事故发生的方向；

——在有飞机从上空经过时抬起目光；

——在交通工具上听路人对话；

——在街上及时回应每一个请求，嘴角始终挂着礼貌的微笑。

我感觉自己可以躲在他身后，感觉他会抹去我所有的笨拙。

看着他，我发觉活着原来是一种与生俱来的东西。这种轻而易举之感，我还是第一次切肤体会。（有一天，我试着向他解释这种感觉——他带给我的这种虚无之感，就好像每个人醒来就会忘记的滑入睡梦的一瞬间。结果他受伤地对我说：你的感受理应恰恰相反。）

只是，当他和我大谈出行的时候，他是否知道我多么难以移动？

当他和我谈论地域的时候，他是否知道我有很大一部分处于地表之下？

当他对我说："你喜欢捣弄猜吗？"

我对他说："什么？"

他说："你喜欢海德隆和菜吗？"

我重复道："什么？"

他说："你喜欢海蓝色的龙和草地吗？"此刻他是否知道我很后悔没有绑上炸药腰带，因为我非常、非常想在他眼前炸开？

33

言语治疗师候诊室的桌子上，色彩鲜艳的报纸争相刺激眼球：《听报》《聋之回响》《超级失聪》《无声方向》，还有一些已经缺了角的，仍顽强地坚守在候诊室的茶几中央。我从这一堆的最顶上抽了一份《聋之回响》，这份刊物主要是关于耳鸣研究和会导致急性听力损伤的遗传性疾病的。我在里面读到了来自青少年和一些年龄更大的人的有趣分享，他们建议读者选择合适的护理疗法，特别是要保证心理陪伴。

不一会儿，我放下这篇文章，转向了《超级失聪》，一份严重失聪人士的报纸。但我很快发现有人在看我。抬起头，我看到有一个三十岁左右的人站在我面前，就在《聋人三千万》的另一边。我没有听到他进来。他立刻避开了我的目光。我仔细观察：他有植入耳蜗吗？他戴了助听器吗？一个还是两个？什么也没从那浓密的金色鬈发中露出来。我眯起眼睛想聚焦细看，期待他能动一动，可是他纹丝不动，眼睛盯着两脚之间。接下来，轮到他抬头了，于是我低下头，重新沉浸到"菲乐蒂埃山羊奶酪工坊聋人农业节"中，但知觉依然保持灵敏：他目光的压强正仔细地扫描我散乱的头发。

一双鞋进入视野，我直起身子，朝着一位年轻母亲的方向说了声"你好"。她身量纤细，有些驼背，双臂怀抱着一个做过人工耳蜗植入的婴儿。另外那个人没有打招呼，仍在观察自己双脚之间的空间。我感觉到他对我这里的好奇已经消失，再没有抬过眼，似乎已经找到了自己想要的。他一定是已经确认了我在失聪者中的位阶。我想和他建立联系，但他无视我，直到治疗师打开了门。一股气流吹动我们的头发，我看到一道闪光，或许是助听器的电线。治疗师和他打了招呼，他还是什么都没说，只露出一个略显尴尬的笑容，脸微微红了。他站起身，像昆虫一样迅捷，最后瞥了我一眼。门关上了，他守护秘密的金发消失于其后。

留下我，局促不安地无所事事。在另一个人的身上，我看到了自己和听力健全人士打交道时同样会有的羞赧和回避，我还发现自己也会在其他听障人士身上激起这种让人自闭的不适。所以，他是从我的声音里听出来，我没有他那么聋吗？我在寻找同类，我们都在寻找同类，但同类不是他，也不是我。

婴儿的脑袋上，植入体被纤弱的小耳朵衬托得格外庞大，嵌入头骨的塞子出现在毛茸茸的胎发间，非常突兀。他的命运在那里上演，他生命的一部分会被植入体以某种方式描绘，他不会像我一样，他也不会像另外那个人一样，他会是一个做过植入的人，他将开启与我相反的旅程：进入声音。而我，我进入沉默。

34

上班路上，牵狗绳绞着我的手，把我拽往与市政厅相反的方向。或许狗是想去环城大道外那沿着4号国道向东延伸的一望无际的田野，那里生长着油菜、玉米、小麦和甜菜。狗的狂吠声盖过引擎的噪声，差点让我被撞倒两次。士兵则强迫症般地反复点燃烟头，观察这座城市，毫无廉耻地盯着路人紧身牛仔裤包住的屁股，在一家家电子烟店前不时驻足。

为了不要迟到，我与他们两个好一番缠斗。走到一半，还没到市政厅的时候，在一个十字路口，一个布告牌在清晨的喧扰中吸引了我的注意：

尼尔斯·欧雅，自然发生学专家，预约咨询。

我拍了一张照片发给安娜，然后继续向市政厅开动。最后我卡着点到了，气喘吁吁，花了整整十分钟等待士兵通过安检，卸下他身上携带的所有老式"达姆弹"。那是一种格外残忍的子弹，会在敌人的伤口里开花，士兵一直当成宝贝留着。安保处的雇员沙姆永远一脸漠然，仿佛束缚在回忆中，疲劳充血的双眼之后仿佛有通往另一个世界的入口。他让士兵进去了。他甚至没有注意到那条试图在公告栏下面撒尿的狗。

我们深入地下，找到藏有死亡证明档案的洞穴。房间里弥漫着金属和灰尘混合的味道。这味道似乎让士兵感到安慰，他露出动容的微笑，脸都亮了。而狗则在过道之间绕来绕去。我在工位上安顿好，在荧光灯下继续我为一战死者归档的任务。士兵帮我按日期分类，到中午的时候，我们的配合已经很顺滑了。

专心致志的我，并没有看到士兵的手在发抖，双眼蒙了雾。到了下午，他递给我的文件因为眼泪而皱皱了：

"死亡；序号；阿尔芒·阿芒之死。"（我在死亡证明上看到了阿尔芒·阿芒的名字。）

他喘了口气，鬓发随着灵魂的起伏而颤动，说道：

"他和我讲过关于金星的事情。他说金星从来没有在地球上被看见过。他是一个红头发的小个子，有些怪癖在身上：白天睡觉，晚上醒来，在战壕里游荡。"

然后士兵给我看他的鞋子：

"我把鞋钉全都拔了，用来给他的坟标上名字，手头只有这些。所以别人都听不到我。"

他又从口袋里掏出一张纸，上面贴着一片干燥的蕨类植物，旁边写了日期和地点。"这是来自战场的标本。"

虞美人、雏菊和常春藤，见证着凡尔登、阿戈讷和香槟省的进军。

私语不得不到此为止：合作方国家档案馆的一个工作人员来了，要确认任务的进展情况。他抽查了几份数字化档案，想确认不存在遗漏，一切都按程序执行。他一边往下滚动屏幕上的菜单，一边说话，声音像我经手的文件一般刺耳和脆弱："……文件连起来有一千公里长——很难数字化具有流动性的物件……"在我脑内，一场与词汇量和音位记忆的战斗已然打响，我错过了不少细节，但好歹成功收回了几个类似于"质量检查"的碎片。

一切都很好，除了一点：我忘记在操作结束时勾选"用户核验"选项框了。他开始长篇大论地解释起来，每个词之间都是摩擦音：人一边思考谋篇布局一边用声音的怀抱围拢住听众的时候，就会发出这种声音。于是我不得不付出额外的努力来分辨哪一处是单词，哪一处只是这种连续的噪声。全神贯注地分辨了一会儿他的解释，我终于听明白了：在登记数字化死亡证明时，必须勾选"用户核验"选项框，以确保用户不是机器人。为此，用户需要在一张战壕的黑白档案照上识别出有死者的区域。

　　我的双眼追随着流程检查负责人的每一个动作：他的嘴唇、他键盘上的手指。眼球翻滚，到我这里不过是几个连续的"a"；他三角尺般的眉毛则充当了辅音。我由此推测他是在问我是否一切顺利。^①我只低声说了句"是的"，声音小得几乎听不到。他看上去基本满意了，收拾起他微薄的随身物品——大衣和公文包——作为结束。

---

① 法语的"是否一切顺利？"（Ça va?）中含有两个元音"a"。

35

我们第二次见面的一个月之后，托马在和安娜一起来我家喝一杯时，看到了门口摊放的听力图。

过了长到足够让我忘记这件事的时间，到了四月——那时我们刚开始"常常见面"没多久——有天晚上，他把我拖进了一个那种昏暗的角落。"我不喜欢惊喜。"可他却用一连串雄赳赳气昂昂的拟声词回答我，大概是想要激励我迈出最后一步。"我不喜欢黑洞洞的酒吧。"我又说。他拉起我的手，让我顺着楼梯下到地窖——一个空荡荡的、有拱顶的房间。石头之间的光照出了墙壁的潮湿，房间尽头有一个调音台。

一道没有一丝模糊的声响划破空气，电吉他奏出一个悬停许久的音符，圆润、饱满，声音的温度让我的喉头颤动。倏尔，声音全部消失，一片寂静中，余音回响。如此重复了几轮。我的喉咙和食道与低音共振，头骨被通电般的声膜罩住——寂静扯住记忆中残留的音符——那个最敏感的音爆燃开来，每次都是那个音，我等待许久、期盼许久的音 —— 天鹅绒般的沉默 —— 托马的微笑 —— 等待中的沉默。

萨克斯管的乐声在地窖中铺展开来，填满我两肺之间的空域，高音的渐强让我口干舌燥。情感像河水一样流过我。我听见起音，听见呼吸进入乐器的吹嘴。附点音符淡褪后再起，变得更加高亢，冻结我湿润的心，为我发烧的耳朵带来凉意。尖峰林立的景象穿过灯火通明的夜，和黑白的巴黎夜景图像混溶在一起，被声音染上颜色。（托马是怎么知道《通往绞刑架的电梯》是我最喜欢的电影的？）

有时，糟糕的听力会让我有超忆[①]的症状。在最后那清晰、有力、前所未闻的独奏中，我看到托马的嘴唇翕动，为我翻译电影的对白："我明白存在着私人生活，但私人生活，对于每个人来说都是不稳固的。电影比生活更和谐，阿方斯。"——我又看见让娜·莫罗那美丽的等待、甜蜜的恐惧，咖啡馆里的黑白画面，这等待与恐惧在我的眼中是多么光滑，那交叉的双腿和铅笔裙包裹的倦怠又是多么美呀——"电影里不会有堵车，也不会有冷场。电影像列车一样滚滚向前，你明白吗？就像夜行

---

① 超忆（hypermnésie），一种极为罕见的医学异象，患者没有遗忘的能力，能把自己亲身经历的事情记得一清二楚，并且能具体到任何一个细节。

列车那样。"①

我很喜爱《蓝色列车》②。

过了一会儿，我认出了专辑中第一支乐曲开头的旋律。那些音符流入我，仿佛从未抵达过我一样。

我之前曾和托马说，萨克斯管的乐声是最接近人声的东西，有时我甚至会混淆两者。

于是他给我写了迈尔斯·戴维斯③的这句话："真正的音乐是沉默，所有的音符都只是沉默的框架。"他以此劝诱我接受：沉默先于声音。

最后，当低音穿透过来，钢琴接续上时，我一定是高兴得哭了出来。我听到了每一件乐器。

这怎么可能？"你还记得那张听力图吗？"托马把它交给了他的一位做舞台监督的朋友，他根据我的听力曲线调整了所有的频率，让每一个音都可以抵达我。

---

① 此为1973年上映的电影《日以作夜》中的台词。

② 《蓝色列车》(*Blue Train*)是萨克斯管演奏家约翰·克特兰(John Coltrane, 1926—1967)于1957年录制的爵士乐专辑。

③ 迈尔斯·戴维斯(Miles Davis, 1926—1991)，美国黑人爵士小号手、作曲家。上文中提到的《通往绞刑架的电梯》的电影原声带就是由他演奏的。作为乐队领导者，他推动了爵士乐历史上包括比波普(bebop)、冷爵士(cool jazz)等在内的几次重大变革。许多著名的爵士音乐家都发迹于他的合奏团，包括上文提到的约翰·克特兰。

36

托马第一次说出“爱”这个词的时候，我一开始没有听到。

托马的嘴巴噘起来，嘴角张开到最大；舌尖抵住他的牙齿，嘴唇半张，轻微吸气；嘴唇快速闭合，明亮的眼睛。①

在我印象里，“我爱你”是B级片②中住美国郊区独栋的重组家庭的台词，一般以黄色的字体出现在字幕中，是一切事物中最媚俗的存在。

不过托马是真的信。他相信这三个字是某个通道的钥匙，而对我而言这三个字是在关上门。于是他的嘴唇压上我的，让我觉得“我爱你”是个事故代号。

我就这样跌进托马的生活，跌进他用身体为我标出的一团棉絮里。我需要一根攀援的支架，在夜色中供

---

① 此处描写的是用法语说“我爱你”（Je t'aime）时的嘴部动作。

② B级片（série B），指制作预算低、拍摄时间短的电影，通常制作粗糙，缺乏质感，题材以恐怖、黑帮、神怪、情欲等为主。

我缠绕，让他的呼吸注入我，寄希望于这是一种向上的运动。

　　我觉得最主要的是，这样想能让我安心：生活中似乎有了这样一个人，可以用他的存在来占据关于爱的问题，而不用彻底解决。

　　这大概是我力所能及的极致了，或许于我而言，看着他爱我，是一种与社会和解的方式。

37

有了这场音乐会，我和托马的关系算是确立了。结束之后，我被堵在了公交车上。马路被一辆卡车挡住了。施工的栅栏，四面八方涌来的行人，还有见缝插针的摩托车和自行车，让调度愈加复杂。公交乘客看上去忧心忡忡、怒气冲冲，他们抬起头望向事故现场，评头论足，点头或摇头，指手画脚地向司机说明怎样做会更好：倒车，打方向，再反过来打。一片喧闹。一股尾气的味道告诉我有辆摩托车挨着经过；一个刚烫头的人转了下脑袋，熏人的发胶气味；一阵柑橘调，有人想要用刺鼻的香水盖住酸臭的汗味。气味打开了听觉堵塞的空间。

这样的情况维持了一会儿，直到夜幕完全降临，城市的灯光刷新了风景。

我关掉助听器，想逃离这层覆盖我的咄咄逼人的声响。顿时，一切都温柔起来，将我环抱。我仿佛走进了一场车灯和信号灯的灯光秀，就连手指下亮起的智能手机屏幕也成了这幅夜光画的一部分。在这个沉闷的空间里，气味变得像一次期待已久的长途旅行一样令人愉悦。我笑了，心满意足，直到没有关好的助听器突然自动开机，猛地把我推向永远有危险、永远在尖叫的严酷城市。我冲向公交车的后门，在熙熙攘攘的游客中挤出一条道，像子弹一样冲了出去，一直跑进小巷里，在街灯和寂静的完满中重新悠然地封闭自己。

38

我吸入的不是春天的气息，而是自己在一成不变的数字化工作的间隙呼出的，淋湿的狗的味道：取下订书钉（如果有的话）；把纸放到机器里压平；扫描设置；纸张放置；按钮；闪光；再次闪光；眼睛被闪到，感觉灼热；确认图像质量；保存文件；点击共享选项。

抬头的时候，我触摸到静的存在。其实不算是真正的静，准确地说，我听到的是声音的缺席的总和。静是一种窒息，仿佛那些声音就站在墙后，是它们在听我——我的心跳、我的呼吸、我的关节，而我听到的是它们在档案室厚重墙壁后的倾听。

我有了一种奇怪的感觉，仿佛自己在被声音观察，被这缺席的庞然大物监视。但或许我是把声音和大战阵亡者弄混了，后者的存在仰赖于架子上分门别类的文件。事物有了生命，死人也一样。我感觉到皮肤上承载着它们的重量。死者之音、生者之静、介于死生之间的声音，共同将我包围。

39

不用上班的时候，我就渴望把自己关在人迹罕至的地方，自然历史博物馆的比较解剖学艺廊，是我心目中结束一天愁人工作后的好去处。入口处，史上最大的陆生哺乳动物的骨架群落在风中驰骋，重新组装的骨骼会让人以为它们真的在动。这里总让我联想起某个濒临灭绝的文明，我不禁将其与我的双耳相比——声音仅剩下骨骼，在我的大脑皮层穿行。俗称"大海牛"的巨儒艮已经因为过度捕杀而彻底灭绝，小牌子上写着这样的话。

我转向沿着墙壁延伸的展示柜。午夜蓝的背景上，一排钟形罩里的老鼠头骨吸引了我的注意。孤独的空腔中，交错的光影让我不忍离去。

我全神贯注，都忘了身边的呼噜声：狗在秘鲁河狐[①]的骨架前喘着粗气，发出尖锐可怖的吠叫。

在入口的正对面，是畸形陈列区。福尔马林罐子里

---

① 此处原文疑似有误，河狐（canis azarae）的栖息地并不包含秘鲁，疑当为塞丘拉沙漠狐（canis sechurae）。

泡着形形色色的怪物：独眼的猪、兔唇的狗、无头鲤鱼、连体羊羔。我看到旁边的说明上写着，畸形学研究的是发育异常所引起的畸形。这些异常通常是由胚胎分裂过迟或不完全，先天（染色体异常）或意外（接触有毒或放射性物质、感染）的遗传变异所导致的。

我算什么怪物呢？我想象自己被封存在福尔马林里，鼻子皱起来，耳朵朝两边打开，嘴巴微张，像是要说"什么？"（展示柜里的标准形象）。不过说到底，并没有人知道我算不算真正的怪物：我从来没有做过基因检测，我的家族成员里也没有一个是聋人。

我从脑海中赶走这幅画面，接着读说明："在 19 世纪以前，此类畸形被视为偶然事件（那为什么落到我头上？），其幕后主使或是神明或是魔鬼，激发了丰富的想象。美人鱼、三头犬以及荷马《奥德赛》中的独眼巨人等古老的怪物形象都是这类想象的产物。怪物们也频频出现在中世纪艺术对地狱的描绘中，例如耶罗尼米斯·博斯的画作以及教堂的三角楣饰。"

在集体想象的疆域，聋人是被遗忘的。没有哪一个金光闪闪的传说是关于残破的耳朵的。人类的创世神话里，没有聋人的位置。人性中的同理心都留给盲人了。在古代中国，聋人会被扔进海里；在高卢，聋人会被献祭给天神；在斯巴达，聋人会从悬崖上被推下去；在罗马和雅典，聋人得在公共场所示众，或是被丢到田野里。

俄狄浦斯刺瞎了自己的双眼，何苦呢？他本该刺穿自己的耳朵才是。这故事原本就关乎听觉：俄狄浦斯听错了神谕的意思，换言之，他是听障人士，没有听懂警告的能力。但聋人既没有盲人的辉煌，也没有盲人那哲学家般睿智的沉静。这样的误解还在因精神分析的风靡而延续。不，说真的，这没道理，精神分析师不是眼睛也不是嘴巴，他们是耳朵。

最后一面墙通向出口，向游客展示了我觉得可以统一归于声音系统的各种器官。首先是肺——呼吸器官，然后是各种尺寸的心脏。这二者的功能是持续泵送我们赖以为生的东西，是它们让我们坚持活着。

羊驼的舌头、鬣狗的舌头——不知它们可会有是非口舌？——舔着自己的展室。（"再试试，你听不到'th'这个音吗？"英语老师说，她的舌尖卡在上下两排牙之间保持不动。"再试试，你听不到'r'这个舌尖颤音吗？这一点也不难呀！"西班牙语老师说，张开嘴巴向我展示她的舌背。）

下一个展示柜里是一组编号牌，上面钉着一个个中央有黑孔的灰色方块。我看了看说明文字，原来这些都是鱼的耳朵。旁边放了一个按钮，我按了上去，一阵剧烈的振动传来，直达我的小臂。发光板亮起，补全了说明：刚刚的感官体验展现的是鱼类感知声音的方式，即振动。

接下来，我走向下一个完全透明的方块，那呈现的是水母的听力，与代表鱼类和人类的耳朵的黑孔截然不同。

这里没有按钮，代之以一团黏糊糊的东西。把手指伸进去，可以感觉到它像外阴一样，不时抽动。小小的发光板指出，水母没有耳朵，它们只有一些以视觉或平衡感为导向的感受器。我感觉自己就像水母，漂浮在团块中，什么都看不清。

牡蛎则代表了向人耳的过渡。再次滑动手指，会感觉到刺痛。发光板解释说，有一组研究人员对牡蛎放录音带，牡蛎的反应是猛地闭合，尤其是在播放低频音段时。对声波振动的感知使得它们可以听到激浪、鲷鱼和船只。

说明文字最后写道，人类的船运已影响到牡蛎的健康，因为这会让它们的开合过于频繁。

我感同身受。

相比图文并茂的鱼类、刺胞动物和双壳纲动物听觉器官展示柜，人类耳朵的展示要简单许多。只有几个内耳的取样、几片骨骼碎块和残骸，看起来就像是一艘因退潮而搁浅在博物馆的沉船，已经被高盐分侵蚀得只剩几片遗骸。

　　我的双耳从未能出海航行，去往其他语言。我至多只能算是水母、鱼和牡蛎的混合体。

40

　　走到室外，一切似乎都闷闷的。或许等明年春天，世界将笼罩在更深的寂静之中。我郁郁不乐，无意识地走向了国家自然历史博物馆的植物标本收藏馆。

　　植物标本收藏馆的建筑和比较解剖学艺廊是一样的，只有内部路线不同。游客需要低下头去，才能细看压在玻璃下的干花标本，好似默哀一般。用来展示标本的实木柜看上去有点像老式的屠夫工作台，有很多可以打开来充作砧板的抽屉。

　　第一排是复活节岛的木头样本。小小的黑色碎片嵌在深色的框子里，仿佛躺在棺材里。这就是复活节岛业已消失的森林仅剩的见证者了。再往前走，接下来的标本框挤满了卷曲的干花。我深受触动，伸出手指描摹它们的曲线。我在一朵干制的虞美人前站了一会儿，花瓣在纸上近乎透明。声音也会在彻底消失之前凋残吗？

我记下：

植物园

拉丁学名：*folium mortem*

俗称：落叶

纬度：48.866667

经度：2.333333

上下颚咀嚼苍蝇干

突然，我听到一阵有节奏的敲击声，像是建筑工地的噪声，但没有那么机械。为了转移注意力，我收起声音标本志，再次用手指在玻璃上比画，以记住虞美人干花的形状。但噪声越来越大。我试着转向不同的方向，用虞美人占据我的思绪，握紧拳头用指节数三月有多少天，可全都没有用，声音还在原处。我感觉那是脚步声，比较沉重的连续脚步声。可艺廊里只有我一个人。敲击的声音越来越响，我只好捂住耳朵（活像个傻子），闭上双眼。虞美人的形状还停留在视网膜上，在紧闭的眼睑下轻轻摇曳。于是我为自己描绘出一片虞美人花田，随着花朵愈加繁盛，噪声也低沉下来。

但是我很难在脑海中维持稳定的画面，一劳永逸地消除地狱般的噪声。我睁开眼，一切瞬间消失，和来时一样迅疾。我昏昏沉沉地往前走了几步，发现自己来到了一块珐琅板前，板上写着：

"虞美人属于'杂草'的一种，会长在庄稼地里。在挖过战壕和地道的地区，特别是经历了'钢铁风暴'①的区域，不计其数的土块被翻开，使得石灰岩层暴露出来，泥土混合着血肉，成了极好的肥料。于是虞美人蔓延开来，数以百万计的花朵照亮了大战之后的阵地。"

这时我看到展厅的角落里，本该站着保安的地方，士兵双手抱头杵着。他被惊动了。我还没来得及走向他，就看到一个女人从不知道哪里走出来，递给他一块手帕。我止步，远远地看着舞台上的两人，而他们则完全无视我的存在。她轻声对他说话，他向她投去犹豫的目光。他摘下了军帽，在手中转来转去——我感到一阵嫉妒。棕色鬈发落下来，垂在他的额前。那一夜欢爱的回忆涌上脑海，这厚密的鬈发，我的手曾从中穿过。当我的手指缠住他的发卷，他的手正顺着我的大腿一路向上。我的内心愈发困惑：曾在夜的水族馆进进出出的究竟是那位朋友还是这个士兵？忍耐到了极限，嫉妒开始狂吠。女人和士兵惊跳起来，但只有她匆忙走向我，表情慌张。

我转过身，希望看到狗的身影，但它并没有出现。

---

① "钢铁风暴"（orages d'acier），指第一次世界大战，语出德国作家恩斯特·容格尔（Ernst Jünger, 1895—1998）的一战战地回忆录《钢铁风暴》。

只有我一个人觉得，发出动物号叫的人就是我自己。"您还好吗？"女人的发音堪称完美，双唇仔仔细细、清清楚楚地发出每一个音节。她离我很近，我都能看到她细腻的皮肤，上面已经有了轻微的皱纹，但不多，棕色的雀斑和一小块廉价卫生纸的细屑点缀其上。她意识到我在仔细看她，走开了。

"我真的很喜欢这些标本。"我说，试图抹去刚才的尴尬。

我一路狂奔，躲进托马的家里，缠住他。在他这儿，身体和事物都有指定的归处，这秩序让感官沉睡，让想象平息。在这里，士兵和那位女植物学家不再能找到我。

41

第二天，托马把我送到市政厅。我再度走进地下室。午休的时候，我感觉有必要离开死亡证明档案室的石灰墙和日光灯，重新找到生命的地平面。由于我很不想遇到之前的同事，也不想重回餐厅，我找了个没有人的时间上楼。

平时我都在假香蕉树旁边找把蓝色塑料椅子坐下，可这次，已经有另一个人在同样的地方找到了避难所。她打了招呼，我回应了，但心中并不确定，我感觉那更可能是一句脏话——我看到她的时候心里骂了一句，她估计也一样。我不认识这张棱角分明的脸，但她身上有一种僵硬让我很感兴趣。我告诉她我听不见。于是我们各在一片香蕉树叶下坐好，以咀嚼代替了交流。

从那以后，玛蒂尔德成了我唯一的盟友。我从她竹节虫式的本领中得到启发，去接近管打印机的同事，同时避开管出生登记的那些人。

没理时速 / 魅力十足

他说的会是什么呢？

我再度盯着管打印机的同事：

"公鸡

（士兵在纸上草书"公司"二字）

"状况不太好。有特浓

（"可能"，士兵写道）

"会发生组织上的混乱。"

（"可以了我听懂了。"我对士兵说。他不听我的，继续写下"的重组"三个字）

"这种现象被叫作模态间重组，或称模态间可塑性。当人的感觉模式被彻底阻断，大脑皮层就会被残留在这个人体内的模式所占据，进行自我重组。"

为了防止在尴尬的情形中丢脸，我一直在坚持阅读《无政府主义神经科学》杂志。杂志是我妈帮我订阅的，她一定是觉得这样我就能以一种更加"革命性"的态度来面对听力损伤，我对待科学技术的态度也能更加平和。

总的来说，她没有错。也许有一天我会去做植入手术，这一想法我必须习惯。这一天可能很快就要来了。不过那些充斥着恐惧和迷恋的经验分享让我觉得，科学更像是硬核版的《侦探杂志》①：

　　"一项针对因眼睑缝合或双侧眼球摘除而失去视力的小猫的研究发现，与正常成年猫相比，它们的瞬时视觉胼胝体连接的数量在视觉剥夺期间明显减少。"

　　我想象自己的耳朵被缝合，想象耳蜗像爆米花一样弹出来，电极还贴在我的额头上。

　　不过我接下来找到的文章成功吸引了我："根据这些研究，聋人处理视觉移动的能力有所提高。尤其是，他们能更快、更准确地感知周边视野中物体的运动方向，并产生振幅更大的视觉诱发电位波。"

　　更快、更准确地感知周边视野中物体的运动方向。

　　我的确觉得自己的视力变好了十倍不止。最后一缕阳光的消逝不会再让嘴唇的形状完全不可辨识，在昏暗的环境中读出唇语也变得更加容易。我甚至可以用眼角的余光读出士兵写的话，以避免误解。手头有什么，他就用什么。有时他甚至会给我发短信以挽救我于危急之中，也有时，他会忘记我。

---

① 《侦探杂志》（*Détective*），创刊于1928年的社会新闻和犯罪调查类周刊，后更名为《新侦探杂志》（*Le Nouveau Détective*）。

42

在这个玻璃壳里，小小的黑色扬声器对准我喷出一连串的单词和句子，而我则需要从背景音里辨别这些话语。言语治疗师觉得这样可以打我一个出其不意。我则像一只惊恐万分的实验动物一样，嗫嚅道："我只有一个爱。"他以温暖而铿锵有力的声线回答："是的。"我继续道："我的初恋是狼。"也有可能是："我的初恋不长。"我不确定。言语治疗师的苹果肌因笑意而鼓胀起来，帮我将记忆扭向正确的答案。于是，我迷失于假设之中，逐渐远离对声音的原初记忆，正如梦的叙事会偏离图像。我的初恋就是狼，尽管看上去没有道理，但在这里，这就是正确的答案。我很高兴：理解了"我的初恋是狼"，让我得以从身为动物的状态中挣脱出来。

一阵干巴巴的噪声打破了治疗的尾声。我看到言语治疗师望向门口，明白这声音并非我的幻想。一个瘦瘦高高的人走进来，我瞪了他一眼，不满于他的急躁。他就不能和别人一样在外面等着吗？我等了，别人都等了，在水绿色的房间里，每个人都在等待听力如睡莲一般，从水族馆式的四壁中萌生或重获新生。

我猛地站起来，撞到了大个子身上。他看我急着逃离会面——显然是治疗师安排好的——表情有些尴尬。"你之前不是和我说想见见其他听障人士吗，露易丝？"我噎住了，想说的话凝缩为一颗没人看见的唾沫星子，落在桌子拐角。而我被困在上面；凝望这颗小小的、亮晶晶的水珠，就好似在看我自己在宇宙视角下的微缩模型。

治疗师将我们两个推向出口，热情告别。

我们面面相觑，逃避着彼此的眼神，视线从对方的嘴和手滑开。我们环视四周，想找到几个逃逸点，可是面前的路专断地给出了唯一的方向。我感觉一切都变得沉重，仿佛两个人都身陷原始森林。其实到这时，我们已经对双方共同的回避战略了如指掌了，可我们还是不敢迈步走向咖啡厅，以便双方互相"认识一下"。我忘记是谁迈出了第一步。我们在咖啡馆的圆桌旁落座，虽然都躲在自己的玻璃胶囊里，却再也无法逃避双方共处一室的事实。对话开始了，伴随着时不时的"嗯？""什么？"，紧张的耳朵、默契的笑容——我们都感觉对方在模仿自己。我们的哑剧让服务生不知所措，他给我们端上了咖啡，一句套话也没说。而我们正全神贯注地想的，依旧是如何应付那些已化为幻影的问题，于是一头扎进了一场荒谬的礼貌用语比武："谢谢了""不要紧""都会好的""很完美"。服务生转身离开，我们不由得小声笑了出来。终于，我们敢直视彼此的眼睛了。

和我一样，他的眼睛也是黑色的，虹膜与瞳孔融为一体。这导致他看向我嘴唇的动作虽然极专注，却依然显得审慎。不过，主要还是我在向他交付自己的双眼，在他的双唇上寻找我们的交会点，坚信是同样的情感在标识我们的生活，坚信我们是两个伟大的棋手，正在交流各自为了不输掉比赛而采用的独家战略。

他喜爱旅行，而我则讨厌出门。"每次出发，就是死去一点点"是我牢记在心的格言。我继续询问他对远方的趣味。我从未学过如何解读说英语的双唇，于是每个词都被吞掉了。

我看到它们消失在舌头后面，被唾液淹没，宛如海面上的泡沫。

或许是这滔滔不绝打磨了他的声线，又或者是从容不迫的气质改造了他的语言，总之，现在我能明白他对我说的每句话了。

旅途让他怡然自得，不知"异乡人"为何物。

"而这里只会让人烦躁，让人怀疑。"

我没有说话，表示赞同。

然后他问我是不是一个人住。"不算是，"我告诉他，"还有一个士兵和一条狗和我一起。过段时间应该还会再来一个。"

他的目光转向了我的肚子。

这误会大了。我笑起来。

不过我还是说道："我里面已经住了人。"

我们走出咖啡馆，心中衡量着彼此之间的差异。他是一个由"Atavix"品牌赞助的"左耳失聪右耳佩戴助听器之友"协会的成员。据他介绍，这是一个成员遍布全世界的广大社区。我只加入过一个团体——心脏病患儿俱乐部，唯一的动机是能在文森森林的石子路上帮一位和我是青梅竹马的发小推轮椅。

认识一位听障人士只会让我发现更多的差异。我和他的（不）相似程度，就好比一只文须雀和一只煤山雀。要构建意义，方法有如此之多。

我感觉自己就像一包被风吹得要散架的骨头，独自啄着能让自己直立起来的关节。这时，我看见家门口的院子里有一个烟头闪烁，随即出现一个低着头的佝偻身影，姿态仿佛一个在空中走钢索的人要带着一包又臭又沉的东西穿越万丈深渊。原来是我的那位邻居兼朋友，背了一大袋垃圾。

他似乎没认出我，我走到他面前，正对着他和我之前看到在他背上的大袋子。"你好。"他一言不发。我几乎没认出他来：轮廓还在，但他的脸却不见了，不再有眼睛、鼻子和嘴巴了。我面前仿佛是一摊酸奶，勺子舀过的浅痕犹存，除此以外别无他物。我迅速离开，带着这样的感觉：刚刚看到的那一大袋散发恶臭的玩意正在我身后活跃起来，跑出来一群活蹦乱跳的小猴子对我叽叽喳喳地骂脏话。

楼梯的旋涡吸走了这个令人毛骨悚然的画面，我迅速将它关在门外。客厅中央，士兵和狗正陪着那个植物标本馆的女人。她向我做自我介绍，说自己是一位植物学家。我坐进沙发里，她高亢、清晰而铿锵的声音传到耳畔："它只能长在被遗忘的地方、不存在的地方、地图上没有的地方。"

我打断了她："您在说什么？"

"迷走堇，"植物学家回答，"它的叶绿素结构一离开野外就会退化。到目前为止，还无法在构成其群落生境的模糊地带之外对其进行研究。它只能在富含反物质的废弃土地、彗星环形山、某些古战场，或者是地图的断层中生长。"

43

我刚刚收到基因检测的结果，这是评估我是否具备接受植入手术的资格要走的流程之一。

结果什么都没有。

没有病变。

没有找到耳聋和听力受损的原因。

没有任何原因可以解释这个让万事停转的缺陷。

一切仍在迷雾中。

44

我在市政厅读了些有关档案的文章。没有人强迫我这样做。之所以对这些文章产生了兴趣，是因为我自己要清点那些迟迟不被确认死亡的大战受难者。我一篇篇读下去，仿佛我的生命也仰赖这些专栏。

我就是这样读到那篇题为《过去正在溜走》的文章的。

文章说，目前对互联网进行存档的尝试均于事无补。过去正在悄然溜走，而未来将更加难以记录和保存。媒体的脆弱以及其极短的生命周期将使我们陷入更深的遗忘。

未记录在我的声音标本志里的东西，都有从我耳边消失的风险。

回到家后，我郑重地将那几页标本志像祭品一样摆在植物学家的脚下，托付给她。我愿相信这是一种复杂的泛灵信仰仪式：记录了日常之声的纸页会在她那里脱胎换骨，过段时间再回到我这里来。

她愉快地接受了这个仪式，并向我保证说会慎重地将声音标本志保存起来，和她的蜃景植物一起。

暴风雨开始轰鸣。

公寓

拉丁学名：*tempestas*

俗称：暴风雨

纬度：48.866667

经度：2.333333

火上的冰盖

45

我还记得是那场暴风雨打破了我的童年。

是那场暴风雨为我注入了有限性的概念，那是一种痛苦的感觉 —— 意识到有些事情永远不会再一样，有些事情会发生并摧毁世界的形态，将儿童欢闹、草叶沾上睫毛的夏日午后，变成最最黑暗孤独的，只能在一张不动的木椅上瑟瑟发抖，眼睁睁看着阴影吞噬树枝、溪流与屋顶的永夜。

我明白了大人在暴风雨的时候也不再是大人，而会变成无生气的娃娃，失去内核、濒临解体。暴风雨扭曲了他们的脸，扯歪了他们的嘴巴，照亮了他们的填充物，将他们的眼珠子翻到眼睑后面。

他们管这种宇宙元素的大爆炸叫作雷，可我从童年死去的第一天起就想知道：谁说正在发生的事情是真的？谁说词语和事物是对应的？我又怎么能知道 —— 毕竟从来没有人警告过我 —— 有一天，在某一刻，我会迎来一场暴风雨，一切都会变样，阳光的碎片会在结冰的死水坑里发臭。他们什么也没有告诉我，什么也没有警告我，没有告诉我在阳光之下，面对一张张破碎的嘴，我会独自一人在黑夜中号叫，脸颊被湿发割伤。没有人告诉我，童年会在普遍的漠然中分崩离析。

还有他。

他的眼睛是暴风雨之夜的灰色。这灰色让我意识到，我可能会失去他，连他也逃不过。

46

我本想在洞穴的深处涂抹些画像，只此而已，不做别的，以此描述我对他的爱：如同古人对圣像的爱。

47

　　一场漫长的雪崩覆盖了我的方位，那蛰伏于我耳中的怪兽吞噬了越来越多的单词。我只有在浴缸里才能重新找到托马的声音，找到他覆在我耳上的窃窃私语。浴缸里，我将耳朵倾于水面，他则在另一头对着水说话。水波和声波在我将死的耳膜上回响。很奇怪，他清脆的声音如微风吹过，有着记忆的轮廓。这声音又是忧郁的，间或被荡漾的水波打断。我感觉自己像是陷入时间之网的石笋，我回答他，他再说话，一切重新开始。我们将身体沉入寂静之中，四周只余下波的振动。这一刻，我是托马的声音，托马是我的声音，我感觉此刻就是永恒。

　　我们时常沉溺于这般耳语的游戏。他的嘴含着我的耳，嘴唇刚一离开，声音随即切断。这游戏关乎空间，也关乎共鸣。呼吸在耳内的空间里浓缩，变得湿润。托马的声音在我的耳内潺潺流淌。想到我们的游戏是为了在耳内昏暗的天空上造出一朵云，我很高兴。

身体将我们带回肥沃的土地。在我们二人之间，无须播下词语的种子。

寂静有很多话要对我们说，它让我们长大。

48

然而，随着这死寂的威胁再度显现，直要将我从现实中驱逐出去，它又成了一个需要打败的敌人。我不知道士兵在忙什么，上回他说自己在执行任务，我不得不自己搞定。这场战斗的名字叫作：植入手术。

我把这个词颠来倒去：

植入手术

入手植树

熟手入职

托马倾向于"入手植树"。他很喜欢一棵高科技小树苗在我大脑里开花结果的画面，觉得那会像转基因葵花一样让我转头向阳。托马是一个进步主义者。他不知何为恐惧。

但托马不是我。

49

安娜反复告诉我，植入手术是资本主义的战争机器：
"改造人类对谁有好处？军队！露易丝，你不会想成为一
个拥有超强力量、超强感知的超能战士吧？"

不想，我回答说，当然不想咯。

她又说起与控制情绪的生物神经元相连接的纳米机
器人："你马上要植入体内的那个东西也有可能是这种类
型的，这样一来他们就可以和你联网，给你下载信息。
他们会无孔不入地进入你的亲密关系。这样一来就说不
清什么是人，什么是非人。也就是说，他们会像对待机
器一样对你提出要求：要服从管教，让你开你就开，让
你关你就关。"

安娜说得对。在生物伦理的层面上，我得对自己负
责。我需要仔细思考一下我个人的道德观。

接下来的日子充斥着安娜给我发来的一篇又一篇文
章，全是介绍科技公司新项目的。其中有几篇讲大脑植
入体的，读得我毛骨悚然：手术由神经外科机器人操刀，

完成后病人就可以直接控制智能手机和电脑。我回复她说她搞错了，这种手术是给运动障碍残疾人设计的，和我没关系。是你自己没弄明白，你也是残疾人，对"他们"而言，残疾人与残疾人之间没有任何区别。安娜成了阴谋论者，厌恶一切新生事物。她坚信技术革命的推动者首先是科幻小说的粉丝，而我如果选择做植入手术，就是以肉身铭刻那样的未来。

很快，他们会为我改造出一个与超能赚钱的应用程序相连的脑机接口。再有一步之遥，就是记录我的思想，保障我的精神状态，帮我叫优步专车。如果他们觉得我无利可图，或者没有生产力，他们也可以从心智层面改造我，让我彻底变成另一个人。

停!

我想象自己聚餐后从安娜家出来，走进夜晚的寒意，却发现迎面冲来一辆优步专车，是我的植入体自己叫的，钱都付过了——我那点不耐烦的小急躁甚至还没来得及冒头。

一个新的噩梦开始搅扰我的夜晚：变成另一个人。

天亮了，我的床上躺着一个陌生女人——我自己。梦里面，托马没有注意到异常，继续叫我"露易丝"。于是我产生了一种背叛他的感觉，仿佛在与这个女人 ——
我自己 —— 通奸。我的名字变了，被扭曲了，辅音带上
了外国口音。我的嗓子仿佛打了结。最后我咳出一小块
耳朵，上面全是我们二人的口水。

　　这时我通常会醒过来，醒时感觉喉咙火辣辣的，就
仿佛是现实狠狠刮过我的嗓子，就仿佛我曾在黑夜中竭
力尖叫，却从未被听到过。

50

我们的碟子有着满满一圈污渍：酱汁、面包屑、葡萄酒。我一向擅长于把桌子上的每一样食物都留下一点。对于托马而言，万物都是线性的。一顿饭会稳稳着陆在他的胃袋里，不存在绕路，而我，我总是会在路上丢三落四。

安娜挥手扫开杂物。早餐、午餐和尚未结束的晚餐混成一条线，连上安娜还在不断扩张的圆圈——她的血液酒精浓度越高，这圈子越大。今晚，我们三个几乎都在这个圈子里了。

安娜和托马，他俩一般不会达成一致。辩论白热化的时候，两个人都会特意对我解说。就连今晚讨论的是什么主题，他们两个的观点都有分歧。

安娜认为，今晚讨论的重点是跨媒介性。托马则认为，讨论涉及的是：算法如何得出对研究至关重要的结论，而人类却无法追溯其轨迹。

我保持沉默，以免让这场辩论更加复杂。

这时一声巨响，吸引了我们所有人的注意：一只玻璃杯落到地上摔碎了。我看到桌上有一只长满老茧、指甲乌黑的手。液体流淌的声音让我想到一句脏话。安娜和我看向相同的方向，托马则去厨房找东西收拾碎片。我看到士兵的鬈发从桌面上浮现。他正瘫坐在地上。安娜笑了，习惯性地哼起小曲儿。士兵沙哑的嗓音加入合唱。我惊慌失措，托马很快就会回来，我要怎么和他说？我还不如去厨房找他，等歌唱完，士兵一定会走的。

在厨房里，我用强烈的语气吸引他的注意力。我说了不少傻话，说起歌曲，告诉他"你让我能坚持下去"，好掩饰客厅里发生的事情。托马不是傻瓜，但我希望他能记住我的烦忧。我的爱人于是笨拙地贴上我的嘴唇，封住我的口。

我们回到客厅时，桌子上的手已经不见了。安娜哼着一支牛仔小调，用手指抚摸她的玻璃杯。

我放心了，托马的膝盖在桌子下面抵着我的大腿。可安娜的眼中蒙着一层令人不安的情绪。

"你和托马说了吗？"

"说什么？"

我看着安娜，求她不要继续。

"呃 ——"她歪歪头指向玻璃杯打碎的位置，蓬乱的头发令人作呕，"为了你生命中的那个男人？"

安娜无聊了，她想搞事情。她忧郁的天性渴求击破我对稳定的渴望。托马在微笑，他一定是以为安娜在逼我说出我讨厌的词，比如"爱"之类的空话。

安娜的嘴因为大量的"l"音而打开，露出她正尝试舔走卡在牙缝间的面包屑的舌头。安娜的句子里充满了极端元音，以至于她的脸上遍布皱纹，仿佛她的嘴巴成了打水漂的作用点，让脸上出现一圈圈波纹。托马的脸因惊讶而胀圆，嘴角拧紧，在脸颊两侧挖出两处凹陷。这表明他不赞同安娜的推理。安娜的嘴唇已经染上红酒的单宁，继续滔滔不绝。我断掉了声音，关闭了助听器，放空自己，目睹安娜的一圈面包屑将我们囚禁。

51

回来的路上，托马什么也没说。更准确地说，就算他说了什么，我也什么都没听到。我又看见那条该死的狗的身影。它瞎了一只眼，跟在我脚边，在夜色中叫个不停。士兵的任务是否和安娜有关？为什么一切都在从我身边溜走？我需要解释，尽管我无法给托马提供解释。他的正常需要守护，他不会理解我有多不正常。狗仍然跟在我俩后面，我发现有什么事情不对劲。它的样子变了。毛不一样了，似乎变厚了，看上去活像一头很久没剪过羊毛的绵羊。深色的毛发将它的伤疤都盖住了，那只瞎掉的眼睛消失在棕色的帘后。

一回到家，托马就对我坦诚说，他觉得安娜在看待生活时过于注重心理层面了。

"比如这个士兵的故事，"他说——我的心跳开始加速——，"她真的认为你在打仗，认为你被包围了。"

他没相信安娜，我既感到庆幸，又觉得恐慌：他无法相信那是有可能的。

我想在夜色中大声吠叫。

"你在想什么？"托马问。

我在想这团不会停止生长的毛球，我在想如果我什么都不做，它要到什么时候才会消失。

可是我嘴上说的却是："我和你想的一样。"

托马看着我，神色轻佻，嘴唇凑上来。我狠狠压上我的唇。他试图用舌头将其撬开，我则在脑海中复习起云的分类。那些名字我小时候曾经认真记诵过，以此来逃避每晚都亮着的电视机。

"卷云！"

一道灵光闪过，独眼狗的名字脱口而出。托马的舌头也一并被我吐了出来。那种仿佛长发飘飘的云就叫卷云。我一路小跑，跑向那个藏在餐桌下的黑毛球："卷云！卷云！"双手在黑暗中摸索，想摇摇它。"卷云！"手指在下方摸到一块似乎是软骨的东西，正在移动的软骨——是耳朵，不会错。

我凑上去说："卷云，我不会忘记你的。"

52

这个晚上我失眠了，忧心卷云的毛发，忧心士兵会越轨，忧心我的耳朵会撂挑子。我离开熟睡的托马，转头去厨房和士兵会合。不安仍在涌动，我们玩了一会儿剪刀石头布以图平复心情，直到天蒙蒙亮。我本来打算问问他和安娜是什么关系的。

绯红的积云温柔地凿刻出我们的掌纹。黎明拉扯着我们的眼角。士兵的样子仿佛一只爬行动物，眼角都是疲惫，嘴里布满丝状物，鼻孔因为可卡因而发红。

餐桌下的卷云已经成了一个四不像，它的毛在以肉眼可见的速度持续生长，我剪掉都没用，还会继续长。它的爪子挠来挠去。

这时托马出现了，他想喝水。

他在门口站了一会儿，立定在某块瓷砖上，睡眼惺忪，脸上还残留着枕头的压痕。厨房的凉风将他的内裤吹得如触电般颤动，仿佛他的身体已经被夜晚和床铺吞噬了。

他什么也没说。

看到这幅场景，他的眼睛眨了眨。天色大亮，他的特征随着城市一起浮现出来。

他又这样站了一会儿，直到阳光为整个房间镀上另一种颜色。

我尴尬地打了招呼，向他解释昨晚我失眠了，以及我不是独自一人。"不必再一一介绍了。"我斩钉截铁地加了一句。托马完全不知道我在说什么，一脸茫然。

植物学家站在走廊里，手里拿着一个海胆壳。士兵和她交换了一个眼神。她带回一碗花瓣，问大家需不需要。士兵抓了一把，倒了些牛奶吃掉了，无动于衷的样子。植物学家则用桦树汁煎掉了剩下的那些。

托马在桌旁坐下，目光像逆戟鲸经过后的浮冰一样空洞，嘴里塞着一只企鹅。

53

　　我不知道托马对此事有何感受（如果他的确在早晨的压抑氛围中经历了这件事的话）。但最后，每个人都站起身来，消失在各自的日程中。就我的日程而言，我这边预约了一个电极检查。

　　我不知道这个检查具体要查什么，但这是评估我是否具备接受植入手术的资格要走的流程之一。

　　检查是在医院做的。我又回到巴宾斯基大楼，回到测试听力、领取听力图的那一层 —— 也就是士兵第一次出现的地方。他咧了咧不成样子的嘴，向我做了个鬼脸，有点恶心。

　　在候诊的走廊里，一切声响都死气沉沉，仿佛它们须踏过大片饱含敌意的广袤旱地才能抵达我耳中，已经精疲力竭、面无血色、皮包骨头。而我能从中听到的，唯有不变的气喘吁吁。

　　让医院感觉像个医院的就只有我看到的这些画面：白大褂在浅绿色的走廊碰面，门开开合合，病人们睁大双眼，生怕错过此行的目的地，站起来跟随白大褂蹒跚远去，消失在我的视线范围之外。

一位年轻女子站在病人队伍面前。我猜测她刚刚结束一段昏暗的殡葬业工作，转行到医院。我截住了她，站起来说出自己的名字。幸运的是，刚好轮到我了。

她把我领进一个布置得好似医学发展纪录片的房间，让我在一张四周围满机器的床上躺好。我应这位年轻实习医生的要求，笨拙地摘下了助听器。她在我的前胸、前额和耳垂背面贴上电极。

我感到电流通过身体 ——一道热流，仿佛有一根火柴在我的皮肤下面爆开。然后我听见鸣笛声，持续了很久的时间。我想起应用于战争创伤后遗症患者的电击疗法。我看到在我死死闭住的眼皮下，士兵紧咬牙关，双眼紧闭，身体绷成了一把弓。

检查做完，年轻实习医生去看屏幕上的结果，另一位更年长的女士也来和她一起。她们过来取下我身上的电极，一边交换意见。我向她们要了几张纸，擦掉她之前给我涂的糊剂，这东西现在闻起来一股焦味。

他们在我体内烧焦了什么？是回忆吗？就像安娜之前和我说的那种剧情？他们是把我成长过程中有声音的回忆烧了吗，就像寒冬会冻死球茎？他们在我体内烧什么呢？

我正想着这个问题时，那位女士转过头来对我说：

"我们得给您做植入。"

我一言不发，于是她又说了一遍，带着很重的口音："我们得给您做植入。"听上去像是东欧那边的，但也有可能只是勃艮第地区的口音。

我问这项检查是查什么，结果如何。

她的嘴唇动起来，勉力挤出一些简单的表达："您聋了，很聋。

"测量。

"听力图。您来回答。

"那边是机器。"

她给我看屏幕上的画面，不知道的人会以为那是什么砾石平原的测绘图。老式电脑用好多个窗口来显示结果，黑色背景上的绿色图案，看上去就像绕月探测卫星拍到的照片，只有小环形山值得一看。

"还查出什么没有？"我追问道。

"您聋了。这是机器检查的结果。"

我无可奈何："可这我已经知道了。"

她把这份来自绕月探测卫星的月球地形研究报告塞进小纸袋里，我终于忍无可忍：两百年的技术发展，就为了告诉我一件我早就知道的事情。

54

我很害怕。植入手术的技术冰冷而苦涩 ——"哪里苦涩了？"——我的一部分会被取代，我会被推向另一个世界、另一种生活，我将不再是我自己 ——"可就算植入了，你也还是你呀！"

言语治疗师对我说："植入之后，就不一样了。"

不一样。

我仔细一想，发现这个词几乎无处不在：从卫生巾到威士忌，所有的广告上都有它。这个词标识着日常，却仍是神秘的来源。

我还能认出我妈的声音吗？托马的呢？安娜的呢？我自己的呢？

想到有可能没法认出自己的声音，我一时间失魂落魄。分裂为双重人格无法脱身的恐惧从心底将我攥紧。我想象着自己听到自己的声音，却以为是一个陌生人，身心为另一个人所占据，从内心裂开，仿佛在同一条街道上走过了几个世纪，却没有留下任何可见可触的痕迹。

在这个科幻小说般的设定里，世界一样，又不一样。在这个世界里，我会看着我的母亲，然后在心里问自己，那是否只是一个我应该叫作妈妈的机器人。我想象听见自己在未来叫出"妈妈"两个字的声音。

"可是你将可以听见。"

可是如果我不想像那样地听呢？我可以拒绝我自己吗？

我将不能取下它，我的耳朵将贴上一层金属的外壳。

我将失去天生的耳蜗，取而代之的是一部分陌生的身体。

我将置身于漆黑一团的浓雾中，这浓雾将被叫作世界。

"你太夸张了。"

我不再说话。我妈还在说，我的目光从她的嘴唇转开。

如果成功了呢？

我会想去参加团体运动项目吗？别人对我大喊"他妈的，好球！"的时候，我会想去听懂吗？我会想去酒吧闲聊，在营销领域做出一番事业吗？我会想要自如地接听凯茜[+]的电话，管理团队，头脑风暴，担起责任吗？

我会想去看国产电影吗？ ①

　　这太不可信了，仿佛光凭一个植入体就可以把二十五年的社会建构一刀切掉，就可以把身份认同的裂痕浇筑填补一样。

　　我不会从根本上变成另一个人。不，就算有了植入体，我也不会表现得更好。于是，我说：

　　"别管我了，我没那么糟。"

　　"可是露易丝，你已经快要抑郁了。"

---

① 法国放映本国电影时一般不配字幕，故主人公有此疑虑。

55

忧虑之河改道了，但我的母亲是那留在原地的死水。

"之前牙医要用铝给你补蛀牙的时候，你抱怨了半天。现在你却拒绝理解我为什么不想让人在我耳朵和脑袋里面嵌入金属制品。"我对我妈说。

"可你也不能一直这样啊！要是有一天我们不能再和你说话了怎么办？"

我仿佛看见她站在健听人的大陆上，望着我逃向失聪的群岛，伤心欲绝。

"你可以去学习手语哇。"我回答道。她已泪眼蒙眬。

我想，我是在通过挑战她来挑战我自己。

整个世界都在那块大陆上：我的家人、托马、安娜、我的同事们。我将远离人群的啸叫，留他们自行处理对财富和地位的狂热。我会开始航行。登上一艘以勇气锻造的小艇，借意志漂浮，穿越沉默的浮波，如同孤独的鲁滨孙一样，抛下文明，赤身裸体，只凭坚韧御敌，在茫茫黑暗之中挥舞我纤弱的双臂。

无数个日夜之后，我将会习惯这没有起伏的崭新风景。我会喜欢上它。在那里，光会更加美丽；沉寂中，一切将熠熠生辉，焕发新的光彩。最后，我会准备好在失聪的土地停泊。一小群失聪的岛民伙伴将会接纳我。我们会用花的语言来交谈。

"露易丝，你不能这样对我，不能这样对你妈妈。"

她提高了音量，刚好足以让这句话传到我耳中。

她哀叹着背过身去，用机械的动作平息自己的绝望，仿佛只要抚平桌布的褶皱，世界就能重归平静和舒适，让她能再度蜷缩其中。

一片死寂。互不理解的苦涩之中，我们紧锁心门。在这片稠密的森林里，我们两个都迷了路，只有各自的忧虑作为倚靠。

56

"你已经快要抑郁了。"托马在锅子里炸洋葱的时候，我又想起我妈的这句话来。我在声音标本志里翻找有关洋葱片在油中翻滚声音的记录，找到了这条：

公寓

拉丁学名：*cepe frixum*

俗称：炸洋葱

纬度：48.866667

经度：2.333333

醉酒的野兔交头接耳

伴随着想象中的背景音，我再次体会到这种名为"日常"的感觉：与他人分享同一个时空，让时时刻刻、日日年年将自己包裹。站在无声之岛上，我想象那些逝去的时光该有的模样，而我所处的空间漂浮不定，只有风在这儿居住。

我闭上托马的眼睛和背壳，悬在锅子上方的黑色鬈发遮住了他的脸，洋葱消失了。眼睑的深色画布框定了我的现实的边界，几道光线从中穿过。

我妈口中的"抑郁"二字让我想起那位邻居的形象。夜色隐没了他的身影，黑色大袋子里叫嚷不停的猴子让他不堪重负。

我能透过窗户看到他。几个星期以来，他基本没有睡过觉。又或许他不分日夜，随便找了个时间打盹儿，我不知道。当我在院子里与他偶遇的时候，阴郁的睡意总是如一面不可逾越的高墙一般，将他孤独地隔在另一边。

时不时地，他会惊跳一下。我想那是恐惧的缘故——因不得不穿越现实之地而恐惧。

卷云的毛蹭着我的小腿。透过厨房的门缝，我看见植物学家正埋头于显微镜。她长满小疙瘩的皮肤正逐渐长出大块的棕色，那是树皮的颜色。

托马走到我对面坐下，用一种过分夸张的语气一个字一个字地问我是不是累了，我回答道：

"怎么？我没有累的权利吗？我不是人吗？"

如果可以，我本想狠狠伤害他。我想往窗外泼硫酸，往云里打火箭筒，往花店扔手榴弹，把狗关进微波炉里炸掉。

托马站起来，动作沉缓，走向洗手间。

我抑郁的时候，托马他妈的能做些啥呢？我瞥了眼门缝，本以为会看到他不知所措地望着镜中的自己，用冷水泼脸让自己清醒点，但是没有。托马笔直地站在水槽前，正在打扫卫生。

左手抓住水杯。右手以顺时针方向扭转海绵 —— 放好亮晶晶的水杯 —— 打湿海绵 —— 清洁水槽排水口 —— 调整姿势，合理安排空间 —— 把水盆往前拉一拉，以保护背部。

这场景实在太荒谬了，就仿佛托马是在战场中央打扫卫生，在尸横遍野中念念有词，反复念叨着一句句有关个人提升的箴言。

这一刻，我确认托马会帮助我脱胎换骨，成为一个运转良好、通情达理的对象。

57

"不存在什么真实。现实是流动的，你必须适应这一点，露易丝！"

我不喜欢别人说出我的名字。

托马一声声唤着"露易丝"，企图说服我不要再紧抓着声音标本志不放手。他坚信我需要摆脱这种怀旧情绪。他无法再忍受看我在笔记里搜寻现实的真相，也不愿再看到我把自己关在房间里，从"风暴"＋"托马的嗓音"＋"炸洋葱"＋"摩托车"＋"电话铃声"的输入一一试起，试图复原背景音。

刺眼的厨房日光灯下，他滔滔不绝，嘴巴打开，我几乎可以数出他有多少颗牙：31 颗。

"其实我们并不知道所谓的现实是什么。如果我说窗户的这一头是蓝色的，"他用手指向厨房天窗，等着我理解，"我说的是实话没错，但我只说了一部分的真相，本质上还是谎言。"

停顿。我点点头。

"窗户的这一头不是独立的，窗户在房子里，房子在城市里，在一整片景观里。"

停顿。我点点头。

"窗户的周围有水泥墙的灰，有天空的蓝，有云彩，还有其他很多东西。"

停顿。我点点头。

"如果我不把这些都说出来，全部说出来，我就是在说谎。但全部都说出来是不可能的，即便只是在描述这扇小小的窗户，这块物理现实的碎片，也不可能穷尽。"

停顿。我点点头。他到底想说什么？我的注意力开始迅速涣散。

"现实是无限的，只要我忘了一件事，我就是在说谎。"

停顿。我点点头。

"对于人类而言，所谓的现实无时无刻不在变化。"

"没错。"我说。

"此刻的我们已经不是刚才的我们了。"

我回顾了自己片刻之前的沮丧和恼怒，的确，我不再一样了。

他那和暴风雨一样灰的眼睛变大了，双臂在我之上拢出一个弧形，手指张开。这个姿势维持了一会儿，印象中接下来是一声大喊：

"忘记你过去所听到的吧！现实，你通过植入体听到的将是现实！"

58

我需要相信自己还有选择。

我想先去看看失聪这一方的情况。我想知道他们是怎样的，我是否有可能不做植入手术，而去融入他们的生活。

我去上了一节手语课。老师是一位在推广手语文化协会里工作的听障人士。

这位老师已经严重失聪。我们被禁止借助唇语，只能靠双手和面部表情交流。大家都很笨拙，手指伸展不开，打手势也很慢，需要反复比画好几次才能成功。我们就像一群反应迟钝、心情沮丧的小孩（不排除有智力问题的可能），正在用毫无想象力的方式将思想转化为手势。

这时，一把椅子翻倒在地。我和老师同时回头，比其他四个健听的学生慢了一秒钟。这个小细节让我意识到，我们二人拖着同样的失聪的重负。

"如果没有助听器，我和你的听力没什么区别。"我尽自己所能用手语对他说。

"或许吧。"他回答道,"但你还是能听见的,你上的也是健听者的学校。而我是个聋人,我从小就开始打手语了,你和我是绝对不会一样的。"

实际上,我们的对话更像是这样的:

我说:"如果——没——助听——我——像——你——听。"他说:"也许——但是——你——听见——你——说话——我——聋人——不一样——为什么?你——学校——听见,我——学校——聋人。我——手语——小孩。"

他表达"不一样"的方式,是用一根手指用力压住另一根,右手的食指如芭蕾舞般向一侧展开,最后耸耸肩。我从中感到一丝鄙夷。他让我明确无误地意识到,我们分属两个不一样的世界:他属于只能用手势交流的聋人的世界,而我则属于可以开口说话之人的世界。

在他眼中,我是一个叛徒。

尽管如此,我还是试图向他说明我即将彻底变聋,比他还要聋,可我的解释似乎反而助长了他的种姓歧视。他讨厌新人,更讨厌年龄大了才加入他们社群的人。我不是打手语长大的,我已经是"口语"那边的人了,童年的印记会伴随一个人终生。

聋人彼此之间会取笑"操口语的人",笑我们像猴子一样龇牙咧嘴。我们那不雅的嘴巴表意范围实在有限，不像他们的手语，承载着如此多的意象。

手语以其创造性，以其对身体以及空间的敏感，挑战着法语语言的局限。用手语讲述的故事脱离了僵硬的语法，只用简单的标记来说明时间关系，表情节、表人物、表属性以及表评论的手势此起彼伏，让人目不暇接。那演奏家般的精湛技艺让我们显得笨嘴拙舌。我们开始意识到，多年的口语表达已经堵塞了我们的表情，拖垮了我们的身体。深信不疑的我们开始齐声谴责嘴巴和声音的贫瘠，怒斥句子的沉重。

老师向我们提议玩一个海上风暴求生的游戏，大家需要选出一个人扔进海里。所有人都选择要留一个聋人在船上，因为我们都认为，惊涛骇浪的海上，唯有聋人的手语和眼尖是必需的。

"你没有选对阵营啊。"老师笑着对我说。

手语里表达"选择"的手势像是随机刨出一样东西。这手势完美地表达了我的感受：一只看不见的手把我从不确定中拉了出来，决定了我今时今日所处的位置，即健听者的世界。

"可是我还没有做出选择呢。"我想说服他。

"选择"这个词的手，是几代人用来让集体中每一个成员都循规蹈矩的手。而这规矩就是法语。"太初有言"

这句话，深深地影响了每一个"口语者"，影响了每一张"会说话的嘴"，影响了每一具僵硬的身体、每一张凛然的面孔。正是因为如此，我才会孜孜不倦地接受言语治疗，绞尽脑汁想要学会从嘴唇上读出句子，用耳朵辨识单词。正是因为如此，我才会耗费这么多的时间来打磨我的嗓音，使之听起来与常人无异；耗费这么多的精力背单词表，以求在语法上无懈可击。这一切都是为了不被囚禁在一个我不属于的分类——"聋人"里，为了让自己看起来像一个并不完全是我的人。

"你以'他们'构建了自己。"老师补充道。

可是，我并没有属于健听世界的感觉。

他又做了一个手势。手掌按在额头上，食指和相连的拇指打出一个响指：我学会了手语的"否认"。在潜意识里，我已经把那个埋藏在心底的失聪女孩和羞耻的目光一起驱逐了出去。

我正想到此处时，交流变得激烈起来：聋人教师们邀请我们来一起抗议植入手术的普遍化。政府已经出台措施，对在婴儿身上实施的植入手术——费用非常高昂——给予全额报销。聋人们认为这是对他们固有文化的威胁，是长久以来针对他们的胁迫政策的延续。

我对植入手术的纠结又深了一层。我还能在哪里找到自己的位置呢？我是谁？"自我"的概念延展变形，

从此，我所是的这"东西"就简化为我的公民身份，简
化为我身份证上的描述：

"露易丝·弗。出生日期：1990 年 6 月 21 日。出生
地：马恩河畔尚皮尼。眼睛颜色：栗色。身高：1.63 米。
省长马尔布朗什签章。"

这是我这"东西"里唯一稳定的组成元素。

59

回到家里，植物学家向我展示了她的最新发现：泡沫水仙。

这种盆景植物的特殊之处在于它缺少开花的机制，这部分被苦涩的浪涌破坏了。

"泡沫发挥了酶的效果，分解了水仙的内生部分。因此，泡沫水仙无法为自己构建起花朵的身份，也不能以此在生态系统中占据自己的位置。"

60

妈妈喊我去吃饭。走进厨房，她摆出一副严肃的神气。我小时候一度以为那是一张我不知道的面具。

看她这样严肃，我明白自己需要集中精神阅读她嘴唇说出的话。我讨厌被这种重要讲话绑架的感觉。如果不想看到她眼泪汪汪的话，就得调动所有的感官，避免出现让她把说过的话再说一遍的情况。当我妈换上这副面孔的时候，就是一次严重的警告，意味着需要尽量降低我的失聪的存在感。

我站在她面前，正对着她扭歪了的脸。我可以看见她的鼻孔随着情绪的上涌而张大。她皱起了眉头，这是有话要脱口而出的前兆。厨房成了贮藏我妈重要讲话的容器，就连空气中飘浮的灰尘都在采集微光，像萤火虫一样照亮她的双唇。浑身上下每一个器官都屏息以待，等她发言。上唇微启，鼻孔吸气。

"你不该……"她的嘴唇噘了起来，这里肯定有一系列的"m""on"或"en"音，而根据舌头猛力敲击齿面的方式，可以推断她的话里有类似于"t"或"d"的辅音。由于情绪激动，她的嘴唇颤抖不已，改变了词语原本清晰的结构。尽管如此，我还是成功还原了她的措辞——句中还应当有"绝对"一词，而接在"不该"一词后面的应当是"去做植入手术"。[①]

"植入"这个词分为两截。第一个音节很快过去，小小抽一口气，双唇相击发出"p"音，干脆利落，舌头上翻，露出蓝色的筋脉，快速呼气，完成第二个音节。[②]我已经怕了这两个字：每个人的嘴唇上都是它们，无时、无刻、无处不在。我的后颈一阵战栗，仿佛有冰瀑经过。与此同时，词语本身如激流般冲进我的思绪。

我妈目不转睛地盯着我，等待我的回应。她的手焦躁地捋过自己的头发，扯着脖子上的项链，在她、我，还有这句话之间，编织着紧张的氛围。

"你绝对不该去做植入手术。"

我妈是一个卑鄙的利己主义者，前后矛盾就是她的行事风格。她向来坚信孩子是自己生命的延伸，而发生在我身上的一切都在让人质疑这一联系的完整性。我是

---

① 这段描述的是"我"通过观察母亲说话时口腔部位的特征来推测说话内容的过程。法语的"你不该……"（tu ne devrais...）中含有"t"音和"d"音，"绝对"（jamais）中含有"m"音，"去做植入手术"（te faire implanter）中含有"t"音和"en"音（法语的"en"和"an"同音）。

② 这段描述对应的是法语中的"植入"（implant）一词。

这么想的，但我不能看着她疑惑的双眼、紧闭的双唇这样说出来。

我当然会去做植入手术。我会成为她做过植入手术的孩子，脑壳里多出一个难看的塞子。我将会成为一台人形机器。

"不，妈妈，我非要去做植入手术不可！"我脱口而出。词语从我的嗓子里冲了出来。我感到很难受，但这些词语还是冲了出来，一个个都颜色发青、惊慌失措地冲了出来。

我妈停下了她所有的小动作。双臂停留在螳螂前臂的姿势，仿佛在祈愿，脑袋微微转向一侧，圆圆的右眼紧盯着我，而另一只眼睛则卡在鼻梁上，大约是在试图看清此情此景的轮廓。

我动了一下。我不知道具体是怎么动的，但我把椅子撞倒了。慌乱让我的四肢脱臼。我张开嘴。她扑在我身上。

"露易丝，你没明白！"

这句话倒是不难理解，但是说起来很蠢。

她握住我的手，站到我面前，开始一遍遍地重复，试图让我明白我也应当跟着她念。腕上传来她手掌的握力。我们两个人都在发抖。我感觉自己是如此脆弱，而她看上去亦是如此无力。

"我刚才说。"

"你刚才说。"

"你应该。"

"我应该。"

"去见见。"

"去见见。"

我妈点点头。

"做过植入手术的人。"

我终于把句子填写完整了。[①]

我们面面相觑，松了一口气。

---

① 完整的句子"我应该去见见做过植入手术的人"的法文为"Tu devrais rencontrer des personnes implantées"，先前"我"因听力障碍而误听作听感相近的"Jamais tu ne devrais te faire implanter"（"你绝对不该去做植入手术"）。

61

日复一日，类似的误会让我感到乏力。每个听错的词都是一次新的不公。我伸长脖子，目光一刻也不离开嘴唇，睁大眼睛，对内心词汇表精益求精——没有用。我给自己打气，对自己说："这句话你一定能听懂的！"然而，失败仍在蚕食我的存在。

这世界动得太快了，每一个脑袋都在动、每一双手都在动，模糊了我对嘴唇的阅读。

不仅如此，这世上还有黄昏这回事。

那是我最讨厌的时刻。

黄昏隐没了脸庞的起伏，使其进入一个二维的世界。人们则在薄暮中继续谈笑风生。

阳光是我的盟友。阳光好的时候，我可以抓住唇齿动作的微妙区别。而一旦光线昏暗下去，词语就失去了立体感，只剩下粗糙的骨架：嘴张开，嘴关上，除此之外，别无其他。

下午还尚未结束，恐惧已经攫住了我的心。我忧心忡忡地看向天空，夜色蠢蠢欲动。我慌乱地四下环顾，感觉自己已被周围人的交谈所囚禁。我试图摆脱这口舌的钳制，我想跑回家，但却不得不带着礼貌的微笑耐心等待，等待同事们漫不经心地走向公交站或者地铁站，和我一起，共同走向黄昏的到来。

暮色已浓，带着结束了一天的满足感，同事们兴奋起来，吹嘘、取乐、大呼小叫，我感觉问号在我的肩头弹跳，笑声叩击着我的内脏。

或惊愕或冷漠的眼神让我颤抖。有时候，我被迫与他们同享这理论上很有感染力的乐趣。我总是答非所问，说起蜜饯、佛手柑、军大衣，和众人一同夸张地大笑，大声说"很清楚了""很清楚哇"，然而与此同时，四周的一切都在变得愈加昏暗。

每天都有这一段时差，路灯尚未亮起前的漫长几分钟。霓虹闪烁，用时断时续的灯光照亮句子的枝节，让我将其打捞上来，用残存的力气组合拼图。

"别忘了面点，露易丝！"

"别忘了引线，露易丝！"

"别忘了明天，露易丝！"

当然也有可能是：

"别忘了听觉，露易丝！"

我不知道该回复"好的！""别担心！"，还是永恒的"什么？"。但我已经不想再说了。

这句话我已经说太多次了。

不管怎么样，他们走了。

62

上回做完听力测试，拿到听力图之后，我还需要再跑一趟巴宾斯基大楼，去做一个植入手术术前评估。地铁里，声音在我的皮肤上碎裂。看到周边一张张大嘴，我起了一身鸡皮疙瘩。他们的气息拂过我的小臂和脸颊，让我变成一丛带刺的灌木。

人类让我联想到沙尘暴。他们让城市的街道变成死亡的深谷。我以自己的躯壳为盾穿行其中，以躲避热息与阵阵狂风。

嘴巴变成了会动的小怪兽。舌头是它们尖尖的脑袋，带点红色，软腭是它们飘动的头发，平时极少示人，最后还有小舌头，这个悬在空中的裸露大脑，只有在某些极端元音（比如 i、u、a）的敲击下才会颤抖起来。

在候诊的走廊里，我看到别人嘴角因为"i"音而拉紧，双眼随即献上虚假的笑意。我想这个音该会很尖利。而与之相伴的辅音，或是让双唇像钹一样相击，或是反其道而行之，揉乱这一小块特殊皮肤上的纵向纹理。

在耳鼻喉科的走廊里等了又等，我发展出一套有关嘴唇表面与牙齿形状之关联的理论。我发现，红润光滑的双唇往往预示着"咄咄逼人"的牙齿，不是很锋利就是有缺口；而天鹅绒般的嘴唇笼着一层毛茸茸的轻纱，则会揭示出一副"温情脉脉"的牙齿，齿冠圆润、釉质光洁。我这套理论的第二部分建立在一条（我认为是）远古以来就有的一般规律上：要生存，就要假装成你不是的样子。没有保护、裸露在外的嘴唇看似不堪一击，实际上却遮掩着牙齿的凶残；而那些肥厚的、有一层白色绒毛保护的嘴唇，则掩饰着华而不实的脆弱牙齿。人类有太多哄骗他人的技巧。在嘴唇和嘴唇之间，我穿行于一场盛大的假面舞会。

然而，我终究无法避开所有的嘴，它们无处不在。

双唇紧闭，我恐惧它们即将启开。

我想把所有的嘴唇都粘起来。

逃离它们抛出的疑难。

终于，走廊的长凳上只剩我一个人了。一个男人过来找我，我起身跟上他的绿色洞洞鞋。

他问我还好吗，植入手术术前评估都还顺利吗。

他的声音非常响亮，铿锵有力。薄薄的嘴唇，左右完美对称。

在这里，读唇语仿佛是一种慢动作的俄罗斯方块游戏。

确认过我的理解能力没有问题之后，他向我解释了为什么耳聋深度恶化时有必要尽早做植入手术。

"原本服务于听觉的神经元会变成专门服务于其他感官的神经元，比如视觉、嗅觉或触觉。这叫作大脑的可塑性。"

在我的想象中，大脑变成了一个巨大的神经元回收站。

他接着慢慢地说道：

"当毛细胞受损，不再刺激神经元时，就会出现耳聋。可以正常接收信号的神经元如果不再受到定期刺激，就会萎缩并死亡。"

我点点头：现在我的大脑变成了一个巨大的麻风病医院。

"幸运的是，即便是在听力已经完全损失的情况下，还是会有一些神经元能存活下来并与耳蜗神经核团的接收区保持相连；如果发病时间不久，那就更好了。这样一来，一旦植入电极的电流可以设法触发幸存神经元的动作电位，听力就有可能恢复。"

我是一个绝佳人选：我的听觉神经元还很活跃，我还很年轻。

因此，他让我严肃地考虑一下种植人工耳蜗，将其作为解决方案。

　　需要尽快决定。

　　当然，我有什么疑问可以尽管提。

　　但我无话可说。

　　我只有一个愿望：把自己隔离在喜马拉雅的山顶上，只与一盒金枪鱼罐头为伴。

63

　　网上能找到的经历分享里，做过植入手术的人都讲到了做出决定前的那个阶段，讲到那纠缠不休的可怕的疲惫。

　　每个人都说自己的心情跌到了谷底。

64

强光让我失明。寒冷漂白了庭院的墙，托马的眼睛里盘旋着黑色。未来每天都要在词语中磕磕碰碰，这前景锈蚀了我的器官。我想止步于此，让所有人都忘记我——就从我自己开始吧，让自己先忘了自己。托马的手像狗绳一样死死拽着我，结果我们两个人都慢下了脚步，仿佛是附近有野兽在安眠。

邻居正坐在院子里的长凳上。在他那一头乱发里，我又看见了那群猴子。邻居的双眼形如帆船，向我漂来，搁浅在我的海岸。我感觉自己被一股惰性的力量污染了。那目光里只有铁砧，没有火花。我呆若木鸡，托马用力扯了我一把，我感到他的手指从我的手中渗出并滑脱。他的后颈僵直了。他从我面前走过，逃离了这一幅阴郁的景象。

我追上他，他对我说，他感觉到了一些令他不太喜欢的东西。他看到那群疯猴子了吗？他看到惰性将我制伏了吗？

我非常害怕自己变得像邻居那样。

"发生什么事了吗？"托马问我。

他可能看见了。

我向他保证，绝对不会让猴子在我的头上出现。

他没有明白。

65

对于我的同事们来说，我的存在与鬼魂无异，我的轮廓在市政厅的空间中被稀释冲淡。而我眼中的他们，却仿佛隔着一层脏兮兮的钢化玻璃。只有几个亲吻会不时在脸颊边奏响，提醒我：这个世界，就是你生活、成长的那个世界。

我怎么也没想到接下来发生的事。

没有任何通知，我的办公室里多出一个鬈发的脑袋，就在我的电脑旁边。我站在门口，不知如何是好，结果她抬起头来看着我，举起一只手来尴尬地打了招呼。

她立刻重新埋首于文件分类中，把一摞死亡证明分门别类地放入不同颜色的小袋子里。我在电脑前坐下，发现桌上摊满了五颜六色的记号笔：黄的、红的、蓝的、绿的，在档案馆单调的背景中互相打架。她本人也像一个闪耀的多面球体，从耳朵一路闪到镶了水钻的运动鞋。和她一比，我简直就像一尊又聋又哑的石像。

我没什么好做的，只好打开电脑，点开一封当日的邮件，里面通知我说，"根据我的需求"进行了一些职位调整。根据我的需求？他们怎么知道我有什么需求？我自己都还不知道我的需求呢。原来的职位对我来说好得很：死人和我一样听不见。

人事助理会在上午结束之前来陪我去新办公室。茫然中，我把最后一个小时用来观察我的继任者。她的鬈发摇荡着，拂过粉粉蓝蓝绿绿的文件袋，拂过她的荧光记号笔，拂过她专心致志的脸。我猜想，她会以解救海豚馆里受困海豚般的热情来将死人转送往来世——档案馆。

11 点到了，我走出狭长的走廊，深入地下的纵横小巷，来到另一个小房间。人事助理向我递交了一份文件，随即离开了。文件里是对新职位流程的解释。我需要负责与"无公民身份者"相关的事务。所谓"无公民身份者"，就是所有因为各种各样的原因没有过名字或者失去名字的人，可以说，他们是身份意义上的无国籍人士。

我想起之前在《无政府主义神经科学》上读到的一篇文章，讲的是"扎凯利·布洛赫教学法"和一群奇特的"语言失根者"的故事。

"1913 年，扎凯利·布洛赫出生于布加勒斯特，父母不详。无父无母的他失去了掌握母语的机会，变得蓬头垢面，且不会说话。1940 年，他差一点被驱逐出境。十年后，在巴黎二十区布瓦耶路举办的一次无国籍画展开幕式上，人们发现了他。这引起了行为生物学（神经科学的前身）研究员露易丝·卡恩的注意。在布洛赫的身上，卡恩看到了与'语言失根者'同样的表现。于是，她为他创办了一所新的语言学校，专门面向不会说话的人。'扎凯利·布洛赫教学法'就这样诞生了。教学计划包括：口吃—泛音唱法、思想—肚脐、气味—热度、语言—接触。其目的是让个体自己补全缺失的语言，以此消除母语的概念。然而，扎凯利·布洛赫所获得的小范围成功迫使他加入了法国国籍。他拒绝一切'生物命运'概念，1961 年自沉于塞纳河。为了向他的这一举动表示敬意，世界各地的'语言失根者'至今仍在四处游荡，形成了许多微型社区。"

66

由于管理"无公民身份者"的职位不用处理大量的数据，我被转成了兼职。

最糟的事不是这个，而是我压根不在乎。我甚至没想起来在午休的时候和玛蒂尔德说这件事。

我和托马说了这个消息，他反应很激烈，脸肿胀起来，像一块风中鼓起的防水篷布。我没听他说什么，只静静观察，看怒火如何重塑了他的轮廓。我心中原本还剩下一些愤怒和不公的感觉，都被他吸走了。

我无所谓的态度把他惹火了，最后他气得口不择言，说我必须为自己战斗。一下子，我浑身上下的懒意都绷紧了，双眼也开始重新阅读世界，高高立在我形如宣礼塔的脖子上。

"这是违法的。"他一再重复。

第二天，我给人事部门写了一封电邮以表达我的不满。然而结果是，我只得到了一名可以陪同我去食堂和双年会的手语翻译。

安娜觉得这棒极了，她说这就等于免费的手语培训，我学会了还可以教给她。托马什么也没说。他还在因为我的无所作为而生气。这个开始紧束在我周围的二等残疾人形象伤害了他。

67

　　我有选择吗？安娜会说："人总是有选择的。"可尽管最近安娜自己的日子也不太好过，她还是能听得见声音的。她将我视作理想的流亡伴侣，梦想着将我变成一个现代隐士。和我一样支离破碎的她，刺痛了我的创伤回忆。我要怎么和安娜一起成长呢？

　　我妈因为帮我订阅了《无政府主义神经科学》而颇有些得意。这杂志甚至还有一份聚焦未来科技的特别版。其中说到，未来的植入耳蜗将可以记录下一个人一生中的所有对话，好比一个坠机事件里的黑匣子。

　　托马则很高兴能陪伴一个仿生人走上超人类主义的道路。

　　至于我的同事们，他们的反应清楚地表明，我已被正式划入残疾那一边。任何怀疑的迹象都烟消云散，让位于新生的同理心。就连出生登记处的员工都在食堂向我报以微笑。有一回，已经成了职工代表的凯茜[+]还在自助餐的队伍中试图与我和解。我想，进入残疾的新层面，即所谓"真正"的残疾，总归还有一个好处——我的同事因此不闹腾了。

士兵身陷毒瘾，而且陷得越来越深，每句话都要带上一句"我的小家伙"。他眼神狂乱，身子已经皮包骨头。身上长出树皮的植物学家则向我展示了她的最新发现。我让卷云趴在膝盖上，听完了她关于"会羞避的黑眼睛"的介绍。

根据植物学家的说法，这种植物是自然界中最自相矛盾的存在。它会逃避它自己，让自身的藤蔓之间保持一定的距离，以求永远不要碰到自己。

这不是研究人员第一次观测到类似的现象，但在此之前，这种"羞避"只以树冠裂缝的形式出现过。攀缘植物的特性是绕着自己旋转，能否存活就取决于这一点。然而，羞避的症状表明，这棵植物与自己的卷须产生了一种陌生的关系。它创造了对自身的排斥。

那我呢？

68

《无政府主义神经科学》刊载过一份关于语言失根者的完整档案。一位专攻语言学和音系学的儿童心理学家针对一组智力缺陷儿童展开了研究，分析结果表明，他们的哭叫声和咿咿呀呀中包含了每一种语言的音素——英语里的"th"、西班牙语里的舌尖颤音"r"、阿拉伯语里的喉音"r"、德语里的"ch"，都能在其中找到。

他由此证明，我们每个人在出生时其实能发出世界上所有现存、曾经存在和将来可能存在的语言中的所有音素，然而，一旦掌握了母语，我们就会丢失没用到的音位。

这个结论让我感到困惑：当母语被剥夺的时候，一个人的语言反而更加丰富了。

于是我开始幻想其他的可能，好让自己不去想植入手术的问题。或许，如果我彻底失聪，如果我彻底忘记了母语，我就能重新找回那个没有国界的语言宝库？

69

安娜最后选择对我说，相比和我还有托马待在一起，她宁愿和士兵待在一起。她说我们是一对钩针流苏般的情侣，这会抑制她的幻想能力。"植入手术的事情让你变得好物质呀。"她说我已经失去了诗性，如今的我就像现实本身一样沉闷无趣。

"你现实过头了。"她对我说。

"一个人是不可能现实'过头'的，安娜。所谓现实，就是实际上存在的东西。"

"如果一个人脑子里除了现实什么都没有，会消沉的。"

她失望了。我不知道她有什么好失望的。我付出了如此多的精力，好让自己能触及声音的分贝，重新听清这个世界，将它的混沌简化为助听器里传来的一系列单词——焦糖、问题、运河、胸甲、副歌、抽泣、萝卜、票证、炉子、担心、你好。除此以外，还要抑制自己对植入的恐惧。她的不满让我觉得很不公平。

安娜不喜欢大团圆结局。她希望我的整个身体都排斥植入耳蜗，希望我出发踏上一次公路之旅，让机器被盐与风锈蚀。

最后她对我说，士兵和她想的一样。

"对什么事情想的一样？"我问道。

"比如说，对成功的看法。我们都喜欢那些没有成功的人。我们都觉得成功是庸俗的。"

我选择不做回应。我对自己说，安娜是把重度失聪当作救命稻草了。

"就是这样，露易丝。如果人人都能成功，你能想象这个国家会变成什么样子吗？是大多数人的失败拯救了人性。"

我没再听下去，眼睛看向虚空。我把自己关掉了。

"可是士兵又为什么要躲着我呢？"我问道。说到底，这是我唯一想知道的事情。我们的友谊正在驶向死胡同。

"总是要找盆景植物，他也会觉得烦。他不想继续了，什么用也没有，根本就没有意义。他还是更喜欢现实。"

这就是安娜的回答。

70

推开公寓的门，我发现脚下的地面全是碎纸片，一直覆盖到客厅中央。是我那本声音标本志，每一页都被撕碎了，连带着屋景植物的叶子也遭了殃。

卷云愤怒地转来转去，涎水从嘴边滴下来，尾巴拍打着房间的角落，我怎样都无法让它停下来。

我在大屠杀中寻找士兵的身影，希望他能结束这场混乱。他穿着我一条夏天的长裙，跌跌撞撞地现身了。裙子的肩带耷拉在他的肩膀上，花纹被他过宽的胸围撑得不成形状。他哼着一首安娜的歌。沙哑低沉的喉音中蹦出几句歌词，显然已被酒精侵蚀了大半，最后又咽回喉咙的阴影里。与其说他在唱出这些词，不如说他在饮下这些词。这歌声正是前语言阶段的背景音乐，刚刚倒带重播。

植物学家没有动，她的皮肤已经完全被树皮覆盖了。她变成了一棵冬天的树。

突然间，我被一种全然的不知所措所击中，我感觉自己已经分崩离析，没有任何意义可以倚靠。我脸色惨淡，双手颤抖不已。看到我这副模样，士兵脱下了裙子。他看上去什么也不像了，瘦骨嶙峋。我对自己说，这逆光下摇摇欲坠的形体，这已然断裂的脊椎，映照的正是我自己的心理状态。

卷云又转了一圈，时间刚好足够让最后几片飘飞的纸屑落地，然后和士兵一起消失不见了，留我一个人面对新一天的黎明，面对支离破碎的自我。那份标本志，那份至暗无声中对双耳的无限怀念，已经化作散落的白色纸片。

71

"尼尔斯·欧雅，自然发生学专家。"

我又想起了那块标牌上的文字。

输入"自然发生学"，词典给出解释："不依靠同物种的现存生物体的协助产生生物体。"

定义可能风马牛不相及，我无所谓，我只是需要帮助。我已经知道地址了，信息完全够用。

我推开尼尔斯·欧雅那沉重的绿色大门，没想到他就在我面前，正准备给我开门。

尼尔斯·欧雅本人看上去完全没有什么专家风范，更像个随处可见的保险经纪人。他趁握手的机会将我领入他的"工作室"——一个布置得像电视演播室一样的小沙龙。空旷的白色大房间，桌子周围摆了几张扶手椅。

我在其中一张藤编扶手椅上坐好，开始讲述我的失聪，从听力的恶化说起，讲到狗、士兵和植物学家相继出现，又一个接一个得上了怪病，发生各种越轨事件，一直讲到最近我的声音标本志被毁，以及植入手术的前景。

他以相当有把握的语气表示愿意接待我们，说他会解决问题、分析症状并对症下药。

"我见过类似的，您知道，穷、瞎、哑、癫痫、瘫痪、癌变、头太大、头太小、阿尔及利亚战争的遗孤、扁平足、哮喘、替罪羊、口吃、口臭、雕塑家断了一只手、推销员太害羞、早泄、俄狄浦斯症，我全见过。"

他说的每个字都在我面前的一块屏幕上以黄色字幕同步显示出来。找尼尔斯·欧雅是找对人了。

他在光洁的外表下与我交谈，声音从容不迫，政治家般的精确手势展现出他的坦率和自信。

他请我在一个有机玻璃讲台前站定，就像在电视节目里一样。这时士兵悄悄溜进房间，表情十分不自然。他的鬃发被发胶固定在脑门上，让他看上去有些怪异。身上的夹克也大了几个号，显得他更悲情了。当他走近时，我看见化妆品在他的皮肤上闪闪发光。荧光灯下，他看上去仿佛是个准备就绪的死人。他在讲台后方找了个别扭的位置，随即开始讲述混乱的记忆碎片：

"还剩三十五公里，还需在峡谷里全速跑三天，两侧都是臭气熏天的肿胀尸体，腐烂中的不明液体蔓延几公里。只剩三十五公里了，只用再跑三天，如果运气好的话。是的，只剩三十五公里了。"

他的语速和屏幕上的错别字让我意识到，他一定是嗑药嗑得精神恍惚了。

"您觉得自己身在边缘吗？是什么让您无法到达您本该到达的地方？"尼尔斯·欧雅问道。

士兵开始讲述他如何不得不把鞋钉拔掉，以便在战友的墓碑上标记名字的故事。对他来说，听不到自己走路的声音是他已经不复存在的证明。只有靠吸食可卡因才能让他感觉自己还算活着。

"您知道这种物质有一个别称吗？"

"不知道。"

"叫作'撒满星星的粉末'。您知道有一位不知名的作家在被问及对人类文明的未来是否有信心时给出了肯定的答复吗？因为他认为人类是唯一拥有与星星对话的天资的物种。"

"一个作家，咳！作家要是觉得自己写的东西有什么不完美的，永远可以重新写过。但是生活不可以，我们经历过的事情既不能被纠正，也不能被抛弃。这才可怕。"

"前方是有开口的，您通过星星粉末理解了这一点，只不过，我现在希望您借由想象力看到它，想象力是有益健康的。我说的是象征性补偿。我们和动物的区别就在于我们有想象力。您是不是觉得自己对逝者有所亏欠？"

"是的。"

尼尔斯·欧雅得出结论：士兵患有舌头有洞综合征。

"这是什么病？"我问道。

"这不是一种病，而是一种言说的痛苦。"

我想了很久。我对自己说，如果沉默是语言的一部分，那么它就不是语言的对立面，而是内在于语言的实体。

沉默是语言在语言之内的栖息地。沉默解放了语言所囚禁的词语和图像。所以，我没有迷路，我正在路上。

72

两个男人推着一辆独轮车走进了房间，车里是已经变成一截树干的植物学家。他们把她放在我和士兵之间的讲台前。

"别担心。树木是可以不朽的。"尼尔斯·欧雅对忧心忡忡的我俩说道。

"但是她已经说不了话了。"我说。

"所以我们需要将她看成一个用来发掘为我们内心所囚困之物的存在。"尼尔斯·欧雅解释道。

我和士兵面面相觑，一瞬间，我们都觉得自己怕是遇上了一个江湖骗子。然而尼尔斯·欧雅坚定的目光扫除了这种怀疑，重建了我们的信心。

"既然我们的客人没法直接接受访谈，您可以给我说说她的事吗？"

于是我说起我们的相遇以及她的那些蜃景植物。

"最新的一种叫作哎呀苔藓。和其他无花植物不同，这种植物的生殖系统不依托于孢子，而是依靠叹息。我认为这是我最喜欢的一种。不过，因为树皮病的缘故，植物学家只得暂停她的研究。"

"不是树皮病，是树皮的言说之痛。"尼尔斯·欧雅纠正我。

我没理会，接着说道：

"我把声音标本志托付给了她。"

"什么标本志？"

"在完全丧失听力之前，我原样记录了自己听到的声音，想留下一些痕迹。但卷云把本子和植物学家的花一起毁了。"

"您知道吗，改变花（fleur）这个词的字母顺序，就能得到'fêlure'，意思是'音色的变化'，用来指人的时候，这个词也可以表示'精神状态的细微变化'。您本想冻结这种变化，但您的狗把您救了。"

"您是想说我精神错乱（aliénée）了？"

"不是精神错乱（aliénée）了，是缠上藤蔓（enlianée）了。"

"可植物也是有智慧的不是吗？现在大家都这么说。声音标本志就是我用以保存意义的图书馆，让我可以明白我失去了什么。有了这些记录，我才能重现从前的声音氛围。"

"您说得没错，可是标本志是用干花、用植物的尸骸来做的呀。"

"可当被注视的时候，标本可以召唤生命。"

"不，要活下去，您必须有含糊其词的能力。犯错是生命的一部分，所以'被栽种'（se planter）也有'犯错'的含义。① 声音世界就是由含糊组成的，您必须重新接受这一点。"

我没太明白他的意思，于是岔开话题问道：

"所以植物学家为什么会变成一棵树呢？"

"因为您冻结了您自己，您在自己的创伤性存在中扎下了根。"

---

① 法语中"se planter"一词是个多义词，既可表达"被栽种"的意思，又可表达"犯错"的意思。

73

"我们这里可以通过蚂蚁疗法进行象征性补偿。我们之所以区别于动物和植物，就是因为我们有想象力。生活就是一个象征的剧场，而蚂蚁可以帮助我们重建内心的场景。"

"蚂蚁？！"

士兵的困惑以大写字母出现在字幕屏上。

"是的。蚂蚁是和我们最相似的生物。它们也有社会组织，大家各司其职。"

"所谓社会组织，就是一整套面具，生活根据每个人的角色发给我们的面具。"士兵开始慷慨陈词，"但当我们独自一人的时候，我是说彻底一个人的时候，当没有人，完完全全没有人来看你的时候，你要戴上什么样的面具呢？"

"这就是为什么我们需要重新建立连接，通过蚂蚁为自己扮演一个角色，以学习如何不戴面具，在自己的内心，为自己扮演。"尼尔斯·欧雅回答道，双眼闪闪发光，显然正陶醉于这场对话交锋。

"但昆虫疗法我还是没法相信。不管怎么说，最后我们都会被虫子吃掉。苍蝇的幼虫——蛆不就以尸体为食吗？"

"不过，蚂蚁的名声可比苍蝇好得多。在犹太教经书《塔木德》里，蚂蚁是城市的象征。在藏传佛教中，蚂蚁代表着物质享受的虚妄。相信我，蚂蚁疗法已经经过了检验，毕竟蚂蚁什么都不怕。1945年核爆炸的时候，蚂蚁是唯一幸存的物种。"

74

　　我只剩几天时间来决定是否要做植入手术了。手术要等排期，空位并不多，倒计时已经开始了。

　　我想起之前住院时心理医生的一句话："您的大脑会忘记所谓过去的含义的。"

　　一切都有待重建。

　　我想象托马的手抚过嵌入我头骨的塞子，手指揉搓发丝，发出落雪般的簌簌声。金属质感的嗓音问我："你还好吗？"我则嘶鸣着回答："很好，好极了，我的爱。"

　　城市噪声将会声声锤打我的脑袋，近在咫尺，仿佛我身处环城公路的终点。不过我也可以再听托马讲一遍我们的隔音新公寓，同时抬起头望向一只燕子：一天正随着它春日的鸣啭落幕。

　　我问托马："你觉得我做了植入以后会幸福吗？"

　　他看着我，似乎有点被吓到了，然后他笑着对我说我最好去找点事情做，但也别太忙。

　　"你这话是什么意思？你觉得我精神错乱了吗？"

　　他给我一封邮件，是我的报税申请单。

75

蚂蚁疗法开始了，尼尔斯·欧雅给每个人分派了任务。

通过狗分派给植物学家的任务是，找到一种可以啃噬藤蔓从而解放其宿主（也就是我）的蚂蚁，把它们从蚁穴里赶出来。

给士兵的指示是在战场上营救一只蚂蚁。

"即将死在前线的蚂蚁总是沉默的，"尼尔斯·欧雅向我们解释说，"您要侧耳倾听的就是这样的呼救。"

我开始觉得，在我们这些人里面，患有蚂蚁狂热的尼尔斯·欧雅才是病得最严重的那个。

我等着任务分配轮到我，没想到就到此为止了。

我只好问他："那我呢？"

"这是什么问题？那您呢？"他回答道，"在这里，我们只治疗症状，不治疗病人。"

76

我的症状们一心扑在蚂蚁上，而我继续着我的具象生活：工作让我没法想太多，也让焦虑短路。食堂里，同事在他们那桌给我留了一个位置，但他们尴尬的微笑像厄运鸟一样，飞越了我的大脑皮层。

我闻到一股湿漉漉的狗的气味，我的气息在隐约中啜饮到它。我需要做出决定。它属于我，却彻底脱离了我。我要做的决定会改变我生活的轨迹，可我却不知道自己以后是否可以说："我做得很对。"

"不会有事的。"我妈对我说。

她又知道什么呢？其他所有人又他妈的能知道什么呢？

我能听见。

同时我也听不见。

我听见的比我听不见的多，因为我用语言填补了舌头上的洞。

但能听见就意味着能触及语言吗？

是的，也不是。

因为器官层面的听见（entendre）与认知层面的倾听（écouter）不同，就跟认知层面的注视（regarder）不同于器官层面的看见（voir）一样。我可以倾听，但我已经无法听见了。尽管如此，在很长一段时间里，我曾真真切切地听见语言。

过去我曾倾听自己如何倾听，或许我就是从那时起丧失了全部的听力。做完植入手术之后，我会重新听见，不必再去倾听自己的倾听。我不能不考虑这件事。

我记下两点：

一个人可以注视自己的看见，但是不能听见自己的听见。

一个人可以看见自己的注视，不过，他是否可以听见自己的倾听呢？

我把纸撕了，给医院打电话：

"我仔细考虑过了，植入手术术前评估的结果很好，我想做植入手术。"

77

尼尔斯·欧雅接待了我，一对一面谈。

"我彻底绝望了。"

"真的？"

他注视我的目光带着一丝你知我知的神气，但我并不觉得有任何人或者任何什么东西能理解我的意思。

"人类是一种同时充满了希望和绝望的存在。"他继续道，"如果始终是绝望占上风，所有人都会沉沦。考虑到要在我们生活的这个世界上保持希望实在不太合乎逻辑，这恰恰证明了人类不是理性的存在。像希望这样荒谬的东西总会重生，您也一定会坚持下去。而且您之所以能坚持，不是因为您的理性，恰恰相反，是非理性使得您可以挺过逆境。您要用这个道理来继续向前，不要再考虑事物理性的一面，露易丝，而要从疯狂中汲取成长的力量。看到这个世界上的洞很可能是您经历过的最好的事情，因为在现实中，我们对宇宙中95%的物质一无所知。我们只知道，那不是由原子构成的，它的构成形式与我们和星辰的不同。而这么多未知的质量，这么巨大的空洞，可以作为一种隐喻，象征着存在中一切无法掌握的东西。这种有洞的语言，我们或许永远无法破译。因此，我们不得不接受这种空洞，才能继续行走在我们没有拐杖的路上。"

尼尔斯·欧雅解释说，之前我用藤蔓把自己和创伤性的幻影绑在一起，希望建造一座吊桥以供立足。可事到如今，我需要松绑。

如果我不想消失的话，就让士兵、植物学家和狗离开吧。

是他们还是我自己，只有一个选择。

78

"七年战争的故事，在北美大陆深处，女孩像棉花一样生活，必须和一个富拉尼人一起跟随森林。"

托马惊叹不已，我妈喋喋不休。

我不再试图黏合意义，我让词句自然流淌。我决定再也不要为任何事情担忧。为了硬挤出一个问题，为了表达我自己也不理解的东西，为了听清本是为了解释前一句话的另一句话，为了在解释的不同可能性之间跌跌撞撞，我已经受了太多的苦。我想在植入手术之前最后再享受一次没有意义侵扰的假期；在那等待我踏足的漫漫征途前放纵一回；在不得不去追捕词语，不得不在这场比赛中争夺白大褂的评分之前，试着看淡得失输赢，任凭自己被词语包围。

"无声地告知他们，以甜味剂的风格。"

我笑着喝了口芬达。

"埃米利安·迪桑，脊背被吞掉。"

我想象一个人的身体堕入鲸须的场景。

"一只螃蟹强暴，寓言的车库基。"

我漂浮在一幅幅图像中：海底车库（或是迦太基城）；托马的蟹腿手指缠绕着我的手指；我妈嘴巴张开，显露出牙齿上的口红痕迹。

我妈的笑嗝在墙壁上弹跳了几次，最后碰到嘴里的叉子，消失了。托马看着我，嘴唇拧了起来。或许我的样子让他不高兴了吧：整个人瘫在椅子上，手指无力地垂着，躲在角落，如此被动。但他不知道的是，这只是暂时的妥协。声音的暗流在空气中浮动，我第一次从中获得了某种快感。我倚靠在托马的颤音上，宛如倚靠着炽热的流沙。他刺耳的俏皮话让我的双眼颤动如海上的光点。我用眼角的余光观察他脱节的咀嚼动作 —— 左边嚼一下，右边嚼一下 —— 而我妈眯起的眼睛表明，她此刻感觉很好。

我第一次发现自己不再羡慕他们。不费吹灰之力就能理解一切，他们一定很无聊吧。

我第一次觉得健听者的生活有些乏味。

"香 —— 槟。"

"等着。"我妈说。

"等大功告成我们再碰杯。"

　　托马面对着我，一字一句地一遍遍重复，直到我听懂为止。

　　"这样你就能听到气泡的声音了。"

　　我想的是：能听到气泡的爆裂声吗？

79

手术这天清晨，我紧张得牙齿打战。托马温暖的怀抱无济于事，这是独自一人的穿行之旅。茫茫大海上，我孤身一人，身体因被声音之岛遗弃而冻结。我仿佛一个等待救援的落难者，期待有船只能把自己带回大陆，又害怕到那时已物是人非。床单上的晨光、托马浮肿的眼皮、客厅地砖的花纹，都无法唤起熟悉的感觉。

我不喜欢结束。我永远没法吃完一盘菜或是喝完一杯茶。我总爱盯着杯底的咖啡渣不放，以至于我妈会来逗我："在解读预言呢？"她没有说错，我是能读出所有的可能。而结束，就是抛弃这些可能。"只是咖啡而已。"托马也总这样打趣。

可那是黑的。

"手术通知单呢？"去医院的路上，我妈问我。"手术通知单"这个词在她肿大的甲状腺里挣扎，像是鹈鹕喉囊里的一条鱼。

我听懂了，但还是让她重复了一遍，因为我想再看一次她的模仿秀，想有权获得几分弥补。结果我产生了一种从存在中偷了什么的感觉。我妈嗓子里的那条手术单鱼比第一次小了些，但还是让我微笑起来。

所以呢？

我妈不耐烦了，觉得我一定是忘记带了。她害怕了。其实这就是我怨恨她的原因。这是我的恐惧，而她无法承受别人的恐惧。可当我看到托马光洁的脸庞上，那对和我妈同样颜色的灰色双眼也在期待着看到手术单时，我失去了发火的勇气。我从包里把那张关于门诊手术的单子拿了出来。

我觉得"门诊手术"这个词不太恰当，就好像在说手术要在过道或者荒野中进行一样 ①——四下一片忙乱，外科医生拧好头灯冲上来把你固定在担架上，在爆满的医院里开始摆布你的器官。不是的，"无固定地点"只是说病人当天就能离开医院——今天晚上，如果一切顺利，我就可以头上缠着绷带，不声不响地回到自己家里了。

到了医院门口，玻璃门看上去比上次来的时候更加闪亮。门自动打开了。我们不再需要做什么，医院会替我们决定。我不过是一小块现实的碎片，等待别人将我

---

① 法语中，"门诊手术"（opération en ambulatoire）一词的字面意思是"无固定地点的手术"。

更牢靠地挂在现实上。

植入人工耳蜗之后，我的听力可能会达到 8000 赫兹，而我这个年龄的健听者的听力一般为 15000 赫兹，可以说是勉强接近了，言语治疗师这样告诉我。

通往接待处的医院走廊里，玻璃窗映出助听器电线的闪光 —— 漫长旅途中的一根细线。我想起那些被捞到海面上时因压力突变而爆裂的鱼。

"安娜在哪里？"我问道，"安娜为什么没来？"

手术通知单在我两腿之间的空隙里展开。

托马的眼睛里惊涛骇浪，他把手术通知单放到一个空座上，紧挨着我妈担忧的目光。他用双手笼住我的手指，将其攒成花束的形状，聚精会神地将这个问题淹没在已经被我啃得干干净净的指甲花束中。最后，带着几分悔疚，他一字一句地说："忘了她吧，那不重要。"

一切都发生得很快：雪白的墙，粘住鞋底的油地毡，消毒水、热绷带和漂白剂的味道。进入手术隔离区，托马和我妈的脸庞消失不见，取而代之的是一群戴口罩的人。他们剃掉了我耳朵周围的头发，让我躺到担架上。我穿着开衩的病号服，开始感到寒冷。我闭上双眼，不去想那刺痛我的石膏墙和日光灯。在我因紧张而抽搐的眼皮下，我又看到了安娜和士兵，他们温柔地注视着我。

我感觉到担架的震动。空气的流动让我睁开眼睛，

胸腔鼓胀 ——我在被推向手术室。我看到日光灯缓慢地倒退，一条走廊，又一条走廊。光线变了，我已经在手术间里了。

他们把我固定好，麻醉师给我比了个 OK 的手势，将药物通过导管注入我的体内。

80

在我昏暗的房子里，泥地上，只有几道明亮的光线穿过墙壁。我分辨出形状，有人在移动，黑暗中的身影。一道强光，房子裂开了，风从缝隙中涌入。风的力量使我的身体无法动弹，将我垂直固定住。人影跌跌撞撞地向前移动，像是醉了。冲动被截断，手势悬停，声音在风中错位，冰冷的气息进入我的耳朵。

喝醉的吹牛大王交头接耳

下巴在咀嚼比利牛斯山

被遗弃的冰盖

绿色洞洞鞋的泛音之歌

棒接球的雪崩